Recouvre-le de lumière

Éditions Verdier
11220 Lagrasse

Alain Montcouquiol

Recouvre-le de lumière

Verdier / poche

www.editions-verdier

Recouvre-le de lumière est paru initialement
dans la collection « Faenas » dirigée par Jean-Michel Mariou.

ISBN : 978-286432-498-0

Après la mort de Christian, j'ai été pris par un irrépressible besoin de rangement. Trier, classer, mettre de l'ordre…

Cette frénésie n'était pas due au seul besoin de rester dans l'illusion de sa présence en manipulant les quelques objets qui me parlaient encore de lui, c'était aussi, surtout, une façon inconsciente de lutter contre le souffle destructeur de sa mort, qui avait tout éparpillé, tout détruit dans ma vie et dans mon esprit.

Je voulais reconstruire. Écrire participait, peut-être, de ce même désir… Mais si l'on peut classer des photos, des affiches, des articles de journaux ou des films, quelle dérision, quelle prétention d'imaginer sereinement qu'on peut en faire autant avec les sentiments, les souvenirs, les blessures ou les joies d'un passé irrémédiablement disparu.

Ce livre, sans vraie chronologie, sans plan, sans but, reflète l'acceptation d'un désordre contre lequel je ne peux rien. Un désordre contre lequel je me reconnais incapable de lutter.

Voici ces petits bouts de souvenirs, tombés comme les feuilles d'un arbre, parce que Christian est mort ce matin, voici cinq ans.

Allongé sur son lit, le drap remonté jusque sous le menton, cette image de Christian m'était familière…

C'était celle des chambres d'hôtel que nous avions partagées, des hôpitaux où je l'avais veillé. Je me suis allongé contre lui, luttant contre le désir de me glisser sous le drap.

J'ai posé ma main sur sa tête, j'ai caressé ses cheveux, ses sourcils… Ses paupières étaient fermées… Comme tombée de ses cils encore humides, sur sa joue droite, la larme noire de son grain de beauté…

Pas de barbe, ou si peu sur ses joues creuses et son menton. Une voix espagnole, venue du passé, a dit joyeusement : « Tu as de la chance, il te suffit d'une gomme pour te raser ! »

Une grande douceur lissait les traits de son visage. La mort, malgré sa violence, avait effacé toutes les traces de ses souffrances, et Christian semblait dormir…

Je n'osais plus bouger, plus même lui chuchoter encore un mot… Ma main avait quitté la sienne, pour bâillonner ma bouche…

Un coup de corne, un coup de corde… La cruauté des mots m'a transpercé l'esprit.

Dehors, bientôt, répétés par mille voix, les mots cesseraient de jouer ; ils redeviendraient juste : Nimeño s'est suicidé.

Le petit garçon insouciant qui marchait dans les herbes craquantes, qui respirait avec délice l'odeur du thym et des plantes écrasées sous ses pas, guidé seulement par l'envol bleu et rouge des sauterelles, s'agenouillant pour cueillir de fragiles petits champignons roses et les aligner délicatement le long de son avant-bras replié contre sa poitrine, courant enfin pour les emporter chez lui comme on ramène un trésor, c'était moi, j'avais dix ans. C'était moi, quelques instants avant d'apercevoir par la fenêtre de la salle à manger ma mère en pleurs et, autour d'elle, un groupe d'inconnus. Ils avaient l'air tristes et parlaient à voix basse. Leurs visages sombres se tournèrent tous vers la fenêtre d'où je les observais. Les champignons glissèrent le long de mon bras et éclatèrent à mes pieds. La porte s'ouvrit, quelqu'un me souleva de terre à bout de bras, puis m'écrasa contre sa poitrine en me caressant les cheveux. Sur la table, le couvert n'était pas mis. Mais il y avait du pain, du fromage, du jambon et deux gros pots de moutarde. J'ai observé comment tous ces gens étranges trempaient leur couteau dans la moutarde, badigeonnaient leur tartine, puis posaient dessus une tranche de jambon. Tout ce que je voyais de leur comportement était étrange, inquiétant. Ils voulaient tous que je mange et je n'avais pas faim ; je ne savais ni ce que je devais dire, ni comment me conduire. J'avais envie de partir, en courant, rejoindre le potager puis la garrigue. Quelqu'un m'appela, m'entraîna dans une autre pièce puis s'agenouilla jusqu'à ma hauteur. Sa grosse tête toute proche de mon visage, l'inconnu me regarda au fond des yeux, puis me tapotant la joue me dit :

— Alain, tu es presque un homme maintenant. Tu devras être très courageux parce que ton papa est mort.

Mes oreilles se sont mises à bourdonner, et j'ai senti mon cœur bouger dans ma poitrine. On m'a enfin laissé sortir.

J'étais assis au milieu d'un sentier de terre rouge, les yeux baissés sur un petit tas de pierres lisses que j'avais une à une décollées du sol sec en creusant de mes ongles la terre qui les emprisonnait. J'avais toujours ce bruit dans les oreilles et je me répétais :

— Mon père est mort, mon père est mort !

Mort d'une fracture du rocher, c'est ce qu'ils avaient dit, et maintenant on allait creuser un trou dans la terre et le mettre dedans. J'observais les petits trous, si ronds, si propres, qui étaient apparus à chaque caillou que j'avais décollé du sol. On aurait pu y poser plein de petits papas morts, et les recouvrir d'un seul coup d'une poignée de terre. Je pensais aux champignons que j'avais arrachés pour rien, je pensais à tous ces gens qui mastiquaient là-bas dans la salle à manger, je pensais à la grosse moto kaki qui n'était plus devant la porte de la maison depuis qu'on m'avait parlé d'hôpital, de coma, d'accident. Je pensais à cette moto qu'on m'interdisait de toucher mais que j'avais escaladée des dizaines de fois en cachette. Qu'avais-je bien pu faire de terrible, de grave et de méchant pour que mon père soit mort, et pour que je sois là, assis par terre, avec cette grande peur qui me creusait le ventre? C'était si compliqué, et ça faisait si mal, toutes ces idées. Serrant dans ma main une poignée de pierres, je me suis levé pour la jeter au loin. J'ai écrasé la terre et ses trous, et puis j'ai couru. En retrouvant l'odeur du thym, une petite plainte est sortie de ma gorge, un petit cri continu qui a empli mes yeux de larmes, brouillé ma vue. Brouillé ma vie. Je m'interdisais de questionner ma mère. Je ne lui parlais pas non plus de ma peine. Être un homme, être courageux, je ne savais pas ce que cela signifiait. Personne ne me l'avait expliqué. J'imaginais que je devais cacher tout ce qui me tourmentait, paraître normal, tranquille. Les questions que je n'osais pas poser, je finirais bien, pensais-je, par en deviner les réponses autrement. Qui était mon père? Que pensait-il de moi? Est-ce que ça lui avait fait mal de mourir? Est-ce que c'était un peu par ma faute s'il était mort? Qu'est-ce qu'il aimait? Je regardais longuement les objets qui lui avaient appartenu, la clarinette dont il jouait le soir, enfermé dans la salle à manger, les tableaux de bois noir incrustés de nacre ramenés d'Indochine, avec leurs petits bonshommes aux chapeaux en accents circonflexes et leurs dragons grimaçants. Je caressais les écailles d'une grande peau de serpent retrouvée dans une cantine, avec d'énormes coquillages roses et des pièces de monnaie aussi grandes que ma main. Il y avait mon père dans ces objets. Quelque chose de lui était là, quelque chose qu'il était urgent que je sache. J'essayais d'imaginer les pays où il avait vécu. Je répétais à voix basse le nom des villes qu'il avait noté sur un cahier de route: Bangoi, Saigon… Le tréma sur les *i* ajoutait du mystère à mes tristes interrogations.

Mon père s'éloignait, je ne saurai plus rien de lui, rien d'autre que sa mort, et la grande peur qu'elle avait fait naître en moi. J'inventais tous les malheurs, tous les drames possibles, persuadé qu'une fois nés de mon imagination, ils ne pourraient plus exister vraiment, plus me surprendre. En les imaginant, je leur ôtais, pensais-je, tout pouvoir maléfique. Je me méfiais de l'insouciance, des projets qui me transporteraient loin dans l'avenir, laissant le terrain libre à la fulgurance du malheur. Ainsi prit forme la mémoire de mon enfance. Une mémoire inutile, puisque j'étais condamné par avance, lorsque je voudrais m'y replonger, à n'y retrouver que la douloureuse confusion qui l'avait vue naître.

D'Allemagne, où mon frère Christian était né, en 1954, mon père avait été muté au camp militaire de l'Ardoise, dans le Gard. Son projet, partir au plus vite aux îles Kerguelen dans l'océan Indien : brisé. Les années d'ancienneté comptaient double pour les militaires en poste à l'étranger, et mon père, jeune encore, avait espéré ainsi accélérer la date de sa retraite, poursuivant peut-être quelque rêve dont je ne saurais plus jamais rien. Les îles Kerguelen devinrent dès lors mon seul héritage, et je l'acceptai avec infiniment de reconnaissance. Jusqu'à notre arrivée à Nîmes, en 1958, rien ne m'avait vraiment sorti de cette indifférence fabriquée, de ce fatalisme effrayé. Nous avions déménagé plusieurs fois, je n'avais pas d'amis, et contrairement aux enfants que je côtoyais dans les écoles, je n'avais rien à dire, rien à raconter. J'étais persuadé qu'il ne m'arriverait jamais rien, rien d'heureux, ni d'exaltant.

Je n'ai gardé aucun souvenir de la personne qui m'emmena, à Nîmes, voir les toros de corrida que l'on parquait alors boulevard Natoire, à deux pas de la gare. Perché sur un *cairon,* j'avais approché mon visage d'une lucarne dans le mur de béton, et mon cœur avait tressailli dans ma poitrine en les découvrant, énormes et majestueux. Certains étaient couchés, immobiles comme des statues, d'autres marchaient lentement, balançant leurs lourdes cornes. Une odeur âcre et tiède emplissait l'enclos, et les gens, cela m'avait étonné, parlaient à voix basse. Une grande émotion s'était emparée de moi, et ne m'avait pas quitté jusqu'au dimanche suivant où j'assistai à ma première corrida. Tout au long de la course, je passai de l'enthousiasme au dégoût. D'abord ébloui par l'envol rose et jaune des passes de capes, puis écœuré par le sang ruisselant sur le garrot et les pattes des toros après les piques, de nouveau séduit par la virtuosité des poseurs de banderilles et la beauté du travail de muleta, mon regard, maintenant, ne quittait plus la lame brillante de l'épée. En un éclair, elle avait disparu dans le corps du toro dont les soubresauts d'agonie, puis la mort, m'avaient laissé tremblant, sourd aux cris de la foule et aux battements mêmes de mon cœur. Les yeux écarquillés, je regardais l'étrange spectacle du cadavre noir traîné par deux chevaux. J'étais bouleversé. Le drame du toro l'emportait dans mon esprit sur celui de l'homme dont je ne savais rien encore. Les toros, je les avais vus vivants tout près de moi dans les corrals, je les avais revus, superbes, balayant la piste de leurs charges furieuses et puis, peu à peu, de pique en banderille, de passe en passe, s'affaiblir puis mourir sans jamais fuir, sans cesser de se battre. Pour la première fois, j'avais vu vraiment la mort, le passage de la vie à la mort…

La foule m'avait fait peur. Je ne savais que penser des toreros. Ils étaient sûrement très courageux pour oser affronter ces monstres, mais ils donnaient la mort avec leurs épées, et cela m'était insupportable.

À la bibliothèque municipale, chez les bouquinistes, je cherchais, dans les revues et les livres taurins, des réponses aux questions que je me posais sans cesse. Je lus Antonio Díaz Cañabate, Claude Popelin, Ernest Hemingway, Joseph Peyré, Paco Tolosa, je mémorisais sans effort mes lectures, mais je n'avais personne avec qui parler de cette fièvre qui s'emparait de moi.

Sur le mont Margarot, je finis par me faire quelques copains avec lesquels je jouais aux boules, au volant… Parfois, à l'approche de la féria, ils parlaient de toros. Je les écoutais avidement, mais je n'osais pas me mêler à leurs conversations. Dans le secret de ma chambre, j'épinglais des cartes postales sur l'armoire, à côté de la glace, et j'essayais d'imiter les gestes des toreros. Je ne pouvais plus m'empêcher de rêver à ces hommes, là-bas, en Espagne, qui allaient la nuit dans les élevages toréer au clair de lune… Je lisais avec exaltation la vie de Manolete, sa mort tragique, la rivalité loyale de Machaquito et Bombita, celle de Joselito et Belmonte… C'était formidable d'apprendre toutes ces choses, d'imaginer Séville, Madrid, Mexico, les toros de Miura, le chant flamenco et toutes ces histoires où, grâce à leur seul courage, des enfants pauvres, passionnés, romantiques, finissaient par triompher de l'adversité à travers une vie d'aventures et de risques. J'aurais aimé être comme eux, vivre comme eux, comme eux prendre des risques, devenir riche, et distribuer autour de moi l'argent ainsi gagné.

Lorsque enfin, n'y tenant plus, je me décidai à parler à mon tour de la tauromachie, je déversai devant mes copains ébahis cette passion que j'avais nourrie secrètement au fond de moi. Je leur avouai tout, et je lus dans leurs yeux de l'étonnement, de l'admiration devant mes connaissances. Les gamins que nous étions – aucun de nous n'avait plus de treize ans – se transformèrent rapidement en une équipe de petits aficionados passionnés. Nîmes avait alors presque autant de bandes d'adolescents que de quartiers. Il y avait la bande de la Placette, du plan Bachalas, du chemin bas d'Avignon. Dans le centre de la ville, les deux clans les plus prestigieux portaient les noms des boulevards où ils se réunissaient : l'Amiral-Courbet et le Victor-Hugo. Nous, nous étions du mont Margarot. Le cœur de notre quartier : une petite colline en pente douce recouverte de hautes herbes jaunes, de buissons épais, avec une vingtaine de grands arbres, des pins immenses, des cyprès aussi, dont les branches semblaient n'avoir poussé que pour permettre aux enfants de grimper sans effort jusqu'à leur sommet flexible. Nous étions fiers de ce petit morceau de garrigue posé là au milieu des maisons, à quelques pas seulement du centre de la ville. C'est à l'ombre des arbres, allongés dans les aiguilles de pins, que nous nous retrouvions tous les jours après l'école. Nous y passions nos jeudis, nos dimanches, nos vacances aussi. Nous étions tous pressés de nous précipiter à ce rendez-vous pour raconter chacun à notre tour ce que nous avions lu, entendu ou pensé de notre passion commune : les toros et les toreros.

Ces discussions enflammées nous menèrent tout naturellement jusqu'à un grand terrain vague, herbeux, clôturé par des balustrades de fer qui, avant notre folie taurine, ne nous intéressait qu'au mois de juin, pour y entasser une grande quantité de bois en prévision du feu de la Saint-Jean. Maintenant « le bassin », comme nous appelions cet ancien et grand réservoir d'eau couvert que nous avions tant de fois traversé sans y prêter attention, devenait dans notre esprit la piste d'une arène. Une arène carrée où nous nous donnions désormais rendez-vous et que nous parcourions en marchant droits, en sifflotant des airs de paso doble, le regard fixé sur le sommet de la rue, porte Cancière, qui disparaissait tout là-haut pour aller se perdre vers les premiers *mazets* de la garrigue. Les fenêtres des maisons devenaient à nos yeux comme autant de gradins d'où les habitants-spectateurs observaient nos jeux. Nous mimions les charges des toros, les attitudes des toreros, dans un décor idéal qui surplombait toute une partie de la ville. Depuis la rue Meynier-de-Salinelles, où j'habitais, jusqu'à la Croix-de-Fer où j'allais à l'école, je devais quatre fois par jour passer devant notre arène qui devenait ainsi le centre de toutes mes pensées. L'école n'était qu'une parenthèse contraignante et je m'y ennuyais beaucoup. Seul un professeur m'avait fait rêver, lorsque j'avais pu vérifier de mes propres yeux ce que l'on m'avait signalé dès le premier jour : il gardait en permanence, cachée au fond de la poche de sa veste, une petite corne de vache recourbée et brillante avec laquelle il lui arrivait de piquer les fesses des élèves trop indisciplinés.

Je ne me liais guère d'amitié avec mes camarades de classe. Un peu par timidité, beaucoup parce que je ne me retrouvais pas dans leurs conversations pleines de football, de piscine, de ballades dans la voiture à papa. Un jour, pourtant, ils m'interpellèrent pour me demander ce que je faisais, moi. J'avais sursauté, et l'angoisse de n'avoir rien à leur répondre me paralysa un instant, puis une voix que je ne me connaissais pas sortit de ma bouche :

— Moi, je fais partie de l'école taurine de José Piles...

J'avais osé un tel mensonge ! Mon audace m'emplit de frayeur en même temps que j'éprouvai la sensation étrange d'être regardé, écouté. Jusque-là mon mensonge m'avait sauvé, mais maintenant je devais continuer pour répondre à cette curiosité soudaine... Alors j'expliquai la Camargue, l'Espagne, l'école taurine... Je m'inventai une vie passionnante, exaltante, en me gardant bien de préciser qu'il ne s'agissait là que de mes rêves.

En quelques jours, je devins « Montcouquiol le torero ». C'était très agréable et tellement excitant que je finis par perdre toute prudence, tant dans ce mensonge ma vie devenait douce. Sur le mont Margarot, je rêvais avec mes copains, et à l'école j'avais presque un public. Des « admirateurs » qui savaient, comme tous les gamins de la ville, qu'il y avait des spectacles gratuits plusieurs fois par an dans les arènes : le 1er Mai, le 14 Juillet, et le 11 Novembre. À cette époque où les distractions étaient rares, l'amphithéâtre se remplissait d'un public populaire et joyeux. Les programmes étaient souvent les mêmes : razeteurs et cocardiers, jeux de gardians, charlotades, capéas avec simulacres de mise à mort, et puis surtout des toros ou vachettes réservés « à la jeunesse ». Chacun pouvait alors descendre dans la piste, et les amateurs étaient même encouragés par des primes récompensant les actions les plus brillantes : cinq francs à la cocarde, cinq francs pour trois passes de cape, cinq francs au bachouchage ou à l'homme statue... Le double pour les filles.

La veille d'un 1er Mai, mes copains me quittèrent devant la porte de l'école plus chaleureusement qu'à l'habitude.

— Alain, on te voit aux arènes demain ?

— Bien sûr !

— N'oublie pas ta cape, on va venir t'encourager !

Un hochement de tête répondit à ma place, et mon corps se couvrit de frissons. Comment avais-je pu être aussi stupide ?

Je rentrai chez moi, sombre, en me répétant cette fatale conversation. Et maintenant qu'il était trop tard, je trouvais à chaque fois la réponse idéale, brillante, imparable qui m'aurait évité de tomber aussi bêtement dans ce piège. Mais il n'y avait plus rien à faire, et je devais à tout prix apporter la preuve que je pouvais toréer, sous peine de voir mes admirateurs devenir mes bourreaux et me couvrir de ridicule. J'imaginais l'enfer de leurs moqueries, et la peur grandissait en moi. Ce que j'éprouvais là, par ma faute, était bien plus inquiétant que mes petites peurs de l'école : peur de recevoir un coup de poing lors des inévitables disputes entre gamins, peur de ne pas savoir mes leçons et d'être puni... Non, cette peur-là, c'était – je le comprendrais plus tard – la véritable double peur des toreros : peur de l'échec, peur du toro. Il me fallait, demain, trouver la force de me rendre aux arènes avec ma cape, et d'affronter pour la première fois un vrai toro. Ce rendez-vous m'obséda, m'empêcha de dormir. Ce toro que j'imaginais terrible tourna toute la nuit dans ma tête, *rematant* contre mes paupières chaque fois qu'elles voulaient se refermer sur lui. Le lendemain, entouré de mes camarades qui m'avaient vite repéré sur les gradins et s'étaient agglutinés autour de moi, j'assistai silencieux, catastrophé, à tout le spectacle. Mon angoisse croissait au rythme de l'impatience de mes supporters. Lorsque hélas on annonça au micro la sortie du toro pour la jeunesse – j'avais espéré de toute mon âme qu'il ne sortirait pas – un copain inquiet me dit en me regardant dans les yeux :

— Tu vas vraiment y aller ?

Il ne sut jamais combien cette phrase amicale me toucha, m'aida à prendre mon élan, à me lever, à sortir de la doublure de mon blouson le bout de chiffon que j'y avais caché, à dégringoler de banc en banc jusqu'au premier rang, de là à sauter dans le *callejón* puis dans la piste, pour me trouver – comme en rêve – devant le toro qui s'engouffra dans ma cape blanche (un bout de drap volé à la maison) et me laissa essoufflé, clignant des yeux dans un nuage de poussière. Le toro fit le tour de la piste, rasant les barricades, et me retrouva devant lui. Je lui donnai une autre passe, et puis d'autres encore… J'étais anéanti de bonheur ! Je remontai sur les gradins, d'où mes copains me traînèrent de force jusqu'à la présidence pour recevoir mes cinq francs – dont je ne voulais pas – mais qui pour eux représentaient la preuve palpable, le sceau officiel qui devait marquer cette journée. Jamais je n'avais été aussi heureux ! Toute cette grande peur, toute cette inquiétude avait donc pu en un instant devenir cette joie extraordinaire, ce plaisir de vivre, de respirer autrement… Ce toro noir, dans ma cape blanche, m'avait éveillé, réveillé, offert une confiance en moi si surprenante que j'éprouvais pour lui une sorte d'immense amour éperdu.

Je me revois, peu après, au musée d'Histoire naturelle, écrivant fiévreusement une rédaction devant un grand toro noir et blanc de Pablo Romero, estoqué à Nîmes en 1894 par Quinito. Je mourais d'envie de monter sur le socle où il avait été fixé, pour connaître vraiment la hauteur d'un toro de corrida par rapport à la mienne. Je mourais d'envie d'aller vers lui, mon cahier à la main tendu comme une muleta et mon stylo posé sur la hanche, pour le provoquer :

— Hé, toro !

Mais j'avais peur d'être surpris par le gardien ou les visiteurs, et je restai là, fasciné, perdu dans ses yeux de verre.

La veille d'une corrida, nous étions quelques-uns à être descendus depuis le mont Margarot jusqu'à l'impressionnant hôtel Imperator. Assis sur la murette de pierre du canal de la Fontaine, nous observions le va-et-vient des clients dans l'espoir de reconnaître les toreros. Avant de repartir, déçus – nous n'avions vu personne – nous nous sommes approchés des grosses limousines noires immatriculées en Espagne. C'était bien là, dans ces voitures, que voyageaient ces êtres extraordinaires, les toreros. Nous avons collé nos visages contre les vitres, laissé glisser nos mains sur les carrosseries, émus à l'idée que la poussière qui noircissait le bout de nos doigts venait peut-être d'Andalousie.

Parfois, l'émotion descendait tout droit du ciel… Un jour où j'assistais à la messe à l'église Saint-Paul, mon cœur s'emballa soudain : cet homme aux cheveux noirs et brillants, dans son impeccable costume bleu, qui venait de s'asseoir à mes côtés, c'était le matador mexicain Guillermo Carvajal. Celui-là même qui tout à l'heure, vêtu de soie et d'or, serait seul face au toro et à la foule immense des arènes ; et le même qui, devant mon air émerveillé, me souriait gentiment, puis tournait gravement son visage, paupières fermées, vers l'autel...

◆

L'arrivée des toreros, une demi-heure avant le début de la corrida, provoquait toujours une grande bousculade devant l'entrée des arènes, face à ce qui était alors la Maison d'arrêt. Emportés par le remous, aveuglés par ce mur de têtes et d'épaules, nous devions parfois nous contenter de sautiller sur place pour entrevoir une seconde l'éclair d'une silhouette étincelante dont la foule en criant nous apprenait le nom.

— Chicuelo ! Chicuelo !

Nous n'en verrions pas plus jusqu'à la sortie en piste du sixième toro. À ce moment-là, on ouvrait enfin les portes devant ceux qui n'avaient pas de place, et qui pourraient ainsi, gratuitement, assister à la fin de la corrida. Cette tradition, dont je ne connaissais pas l'origine, avait été un temps pour moi un mystère. Je ne comprenais pas pourquoi les gens disaient :

— Dimanche, j'irai voir le dernier toro !

En l'attendant, nous tournions interminablement autour des arènes, tendant l'oreille aux sifflets, aux applaudissements ou aux silences, fiévreusement appliqués à les interpréter. Lorsque nous parvenaient, entre les grondements des *¡ Olé !* scandés par la foule, les notes d'un paso doble, nous sentions sourdre en nous une grande colère à l'idée du spectacle sûrement grandiose que nous tentions d'imaginer, et dont nous étions cruellement privés. Nous retournions alors jusqu'à l'entrée des toreros, et attendions pour voir sortir le cadavre tiède du premier toro qu'une camionnette découverte emportait, sanglant et poussiéreux, dans les rues maintenant désertes.

— Tu as vu ? Il lui manque une oreille !

Nous n'osions pas encore resquiller. Les hautes grilles de fer nous paraissaient infranchissables. Mais surtout, nous avions peur ! Plus d'un gamin, racontait-on dans les cours de récréation, avait eu le corps transpercé en tombant sur les pointes acérées qu'il fallait enjamber au terme de l'escalade. Ces rumeurs nous avaient découragés. L'image d'un corps sanglant recroquevillé tout en haut des grilles s'imposait à notre imagination avec une précision formidable…

Mais à tourner et tourner encore autour des arènes, nous finîmes par découvrir, face à l'hôtel Lisita, deux barreaux suffisamment souples pour, en les écartant un peu, y glisser la tête, puis l'épaule, et nous retrouver en une seconde dans le couloir d'où nous courions à perdre haleine, en riant de bonheur, jusqu'au plus haut des gradins. Nous étions si fiers de notre découverte qu'il nous arrivait, juste pour le plaisir, d'entrer et de sortir ainsi des arènes même quand il n'y avait pas de spectacle.

Plus tard – l'idée de rester dans la rue étant désormais insupportable –, la crainte qu'on ne découvre notre stratagème nous poussa à nous débrouiller pour acheter des places. Dès midi, mêlés à un groupe d'aficionados modestes, nous attendions, collés aux grilles, l'ouverture des portes pour être les premiers à grimper, à toute allure, jusqu'aux amphithéâtres non numérotés. Nous

nous allongions les yeux au ciel, au deuxième rang, juste au-dessus de la présidence, réservant ainsi de bonnes places aux plus âgés, aux moins rapides, qui nous rejoignaient, transpirant et suffoquant, et s'asseyaient enfin à nos côtés.

— Ah ils sont braves, ces petits! disaient-ils pour notre plus grande fierté.

La meilleure place, nous la gardions pour un vieux monsieur de Maussane, près d'Arles. Il roulait, depuis son village jusqu'à Nîmes, sur un Vélosolex qu'il allait déposer au garage du Veau d'or, place des Carmes, juste à côté du magasin Les Dames de France. Dans une sacoche il rangeait sa gabardine de voyage, de l'autre il retirait sa musette, puis traversait la ville pour se rendre directement aux arènes, devant la grille qui offrait l'accès le plus direct aux escaliers des amphithéâtres. Il était souvent le premier de ce groupe d'habitués qui se retrouvaient là, immanquablement, avant chaque corrida. Ensuite, arrivaient les Arlésiennes. Deux fortes dames, célèbres pour l'originalité de leurs insultes à la présidence, lors des *broncas*, et l'aigu de leurs hurlements lorsque les toreros étaient en danger. Aussitôt assises, elles offraient autour d'elles des gâteaux aux amandes de leur fabrication. Le *papet* de Maussane (nous ne sûmes jamais son véritable nom) sortait de son sac des petits sandwichs de pain au lait, un fruit, et une bouteille remplie d'un mélange d'eau et de vin. Il étalait une serviette sur ses genoux, puis mangeait et buvait lentement. Son repas terminé, toute la fatigue du voyage lui tombait sur les épaules, et il s'endormait.

Dans le grand silence des arènes vides, où nous étions les premiers spectateurs, une nouvelle attente commençait. Nous aimions écouter nos voisins, nos voisines, raconter les corridas d'antan… La *mariposa* de Lalanda… Le jour où Luis Freg toréa « ici même », avec de l'eau jusqu'aux chevilles…

Du coin de l'œil, nous surveillions tous avec attendrissement le *papet*, et dès que son corps endormi penchait dangereusement, un cœur de voix joyeuses s'élevait :

— *Papet !*

Il sursautait, se redressait, et nous souriait en s'excusant :

— C'est la chaleur !

Nous nous promettions secrètement, dès que nous serions un peu riches, de lui faire une grande surprise : nous lui offririons une place au premier rang des arènes ! Un matador ferait peut-être étaler devant lui sa merveilleuse cape de *paseo*, et le *papet* n'en reviendrait pas. Avant, il aurait attendu, confortablement assis à la terrasse du café de la Bourse, et ne serait rentré aux arènes qu'à la dernière minute. L'idée était formidable, mais elle avait un grave inconvénient. Le *papet* ne se sentirait peut-être pas à l'aise, seul au milieu de tous ces riches. Cela risquait même de lui gâcher son plaisir, car il ne saurait pas à qui parler. Nous imaginions alors de l'accompagner, et de nous retrouver tous autour de lui, comme aux amphis, mais à deux pas de la piste.

Le temps était long jusqu'à l'heure du *paseo*, et tout était prétexte à commentaire. Depuis le vol des pigeons jusqu'à l'arrivée d'autres spectateurs, surtout ceux qui choisissaient d'aller s'asseoir au plus haut des arènes d'où les toros et les toreros devaient ressembler à des insectes. Le monde est plein de gens bizarres, pensions-nous. Précédé de son double rideau de pluie blanche, le chauffeur de l'arroseuse recevait la première ovation de la journée, souvent pour son habileté, mais surtout parce que son apparition signifiait que notre attente allait prendre fin. Bientôt, voûtés sous le poids de l'*espontón* débordant de capes et de muletas, Rubio et son frère apparaîtraient dans le *callejón*. Nous tentions, pendant qu'ils disposaient les capes sur la barrière, de lire quelques lettres noires sur les étoffes jaunes. Notre voisin, celui qui possédait des jumelles, finissait par nous dire :

— Je vois N, E, Z. Ce sont les capes d'Ordóñez !

Nous observions surtout l'agitation croissante autour de la grande double porte du patio de *cuadrilla*, juste en face de nous. Le chic, lorsqu'elle s'entrebâillait soudain, c'était d'être le premier à reconnaître un matador et de dire bien fort pour en faire profiter tout le monde :

— Dominguín est en blanc et or !

ou :

— Cesar Girón a un costume vert !

Avec l'arrivée de la présidence, nous nous préparions à nous lever avec tout le public pour écouter *La Marseillaise.* Nous aidions le *papet* à se mettre debout, il enlevait sa casquette, se tenait très droit, et son visage devenait soudainement dur. Le menton en avant, les mâchoires serrées, son regard bleu perdu au-dessus des arènes, nous ne le reconnaissions plus.

Sur les premières notes de *Carmen,* les portes s'ouvraient devant les chevaux des *alguaciles*. Les matadors et leurs *cuadrillas* jaillissaient de l'ombre dans la lumière, et j'oubliais mes voisins, le public, bouleversé par une émotion qui me donnait la chair de poule.

La corrida finie, je laissais les amis de mon âge qui se précipitaient sous les tribunes spéciales pour ramasser les programmes perdus ou jeter un coup d'œil plein d'émoi sous les jupes des dames. La tête brûlante de rêves, coincé dans le flot de la foule qui abandonnait lentement l'amphithéâtre, j'avais hâte de me retrouver tout seul. Je rentrais chez moi, esquissant furtivement du bout des doigts des passes aux voitures. Jusqu'à la maison, un toro m'attendait à chaque coin de rue, sur chaque place. Les mains dans les poches de mon blouson, je serrais les doigts autour d'invisibles banderilles et traversais en courant le boulevard pour aller crânement à la rencontre d'un toro noir qui me regardait, gonflé de colère, là-bas, dans l'ombre d'un micocoulier.

◆

Christian n'avait pas dix ans quand j'ai voulu lui faire découvrir le mont Margarot. J'étais persuadé qu'il aimerait à son tour ce quartier si différent des blocs d'immeubles impersonnels que nous habitions au chemin bas d'Avignon. Nous étions arrivés par la rue Puy-Couchoux pour monter le double escalier de pierre qui débouchait sur la piste du bassin où l'on découvrait d'un coup d'œil tout le mont Margarot. Christian n'avait pas écouté très longtemps mes explications. Il avait immédiatement tenu à grimper sur les balustrades de fer et, tel un funambule maladroit, les bras bien écartés, glissant à petits pas, il avait parcouru malgré quelques haltes oscillantes plusieurs mètres, sourd à mes réprimandes.

— Descends !

— Attends, encore un mètre et je saute.

Côté bassin, cet exercice n'offrait aucun danger. Mais côté rue, il s'exposait à une chute de plusieurs mètres, « une chute mortelle », disaient les plus petits, extasiés.

Les hauts murs gris du fort Vauban, la prison, avec ses miradors et ses gardiens en armes, l'avaient un instant intéressé. Puis il s'était vite essayé à l'escalade des pins d'où il était redescendu joyeux, essoufflé, le corps recouvert de taches de résine. La vérité, c'est que ce petit frère casse-cou et turbulent, je l'aimais tendrement, mais il était étranger à ma folie taurine, et je n'avais pas envie de l'y entraîner. Avec ses petits camarades, il aimait participer à des jeux violents, où son courage compensait sa petite taille et sa maigreur. Nous nous croisions, et je savais bien peu de choses de lui.

Enfant, il m'avait vu banderiller une grande jarre de terre dans le jardin de la maison que nous habitions alors. Je m'enfermais parfois aussi dans ma chambre, pour dessiner dans le vide, au son d'un paso doble, des faenas imaginaires que je terminais, mon épée de bois pointée vers la porte communiquant avec la salle à manger. Je visais un trou que j'avais creusé dans le bois, à un mètre cinquante du sol. J'avais dessiné au-dessus, au crayon noir, une paire de cornes sur lesquelles je m'élançais pour l'estocade finale. La poignée rouge de l'épée de bois claquait sur le contreplaqué, traversé de part en part, et je m'immobilisais un instant, la main en l'air, sous les ovations qui coïncidaient toujours avec l'absence de ma mère. Deux affiches, rapidement punaisées de chaque côté, m'évitèrent un temps d'avoir à fournir des explications embarrassantes. Christian ne m'a jamais trahi, jamais vraiment questionné non plus.

Complètement aveuglé par ma soif d'aventures, j'observais les difficultés de la famille, le manque d'argent, les événements de la vie, sans trop m'inquiéter car, pensais-je, un jour j'aurais ma chance, et j'effacerais tous les problèmes. Les toros m'en donneraient les moyens. J'en étais sûr, je serais torero.

◆

Attirés par nos jeux étranges, des gamins de tous les quartiers venaient nous retrouver, et le mont Margarot devenait une sorte de laboratoire de la passion où naissaient les idées, les amitiés et les projets qui marqueraient pour certains d'entre nous profondément nos vies.

C'est là que j'ai découvert le toro mécanique et la véritable cape de torero de Robert Blancou, les clubs taurins, les films, les conférences, les ferrades… En bref, le parcours de beaucoup de jeunes aficionados.

C'est là aussi que j'ai rencontré Bernard Dombs. Il ne s'appelait pas encore Simon Casas, pas plus que moi Nimeño. J'ai compris tout de suite que, comme moi, il voulait aller plus loin. Nous savions que devenir torero était la chose la plus difficile du monde, mais nous pensions aussi que seule l'absence de passion était grave. Tant qu'elle brûlerait en nous, nous étions persuadés que rien ni personne ne pourrait nous empêcher d'aller jusqu'au bout de nos rêves.

Complètement obsédés par notre vocation, nous avions compris l'absolue nécessité d'inventer ce que nous ne savions pas encore. Nous y pensions sans cesse, puisant dans nos lectures les scénarios de nos aventures initiatiques…

Le temps où nous allions toréer aux abattoirs municipaux faisait partie d'un passé qui me paraissait déjà très lointain. Nos décevantes expéditions pour toréer des bœufs qui fuyaient, indifférents devant les chiffons que nous agitions sous leur mufle, s'étaient désastreusement terminées dans le bureau du directeur qui ne nous avait pris que pour des voleurs. Comment oser lui dire que nous étions toreros ? Que les chiffons que nous serrions sous le bras n'étaient pas destinés à envelopper de la viande, mais bien à dessiner des statuaires ! Nous nous étions fait prendre le soir même où nous avions enfin trouvé le moyen de faire charger ces énormes bestioles inoffensives. Lorsque nous les provoquions, les bœufs apeurés couraient en tous sens, mais finissaient toujours par se rassembler, serrés les uns contre les autres dans un coin de l'enclos. Il suffisait alors d'isoler l'un d'eux du reste du troupeau, puis de l'immobiliser pour qu'aussitôt relâché il s'élance tout droit, au galop, pour rejoindre les autres. Sur son passage, nous dessinions chacun à notre tour une unique et inoubliable passe. Ensuite, il fallait recommencer pour le torero suivant. Tout au bonheur de notre découverte, épuisés par les mises en place successives, exaltés, nous avions oublié toute prudence, et les employés n'avaient pas eu beaucoup de mal à nous surprendre et à nous rattraper dans notre fuite.

Lointaines aussi, les expéditions au clair de lune, avec l'envie de voler une passe aux vrais toros de combat que Georges Daumas élevait à Garons, tout près de Nîmes. Bernard et moi à plat ventre dans l'herbe, les mains crispées sur nos capes étalées devant nous, et Gérard Fage poussant sur nous le troupeau avec son Vélosolex dont nous apercevions le phare jaune qui se rapprochait en sautillant… Lorsque nous nous levions brusquement, agitant nos capes avec l'espoir et la crainte qu'un animal se décide à nous charger, tout le troupeau s'arrêtait, inquiet, et faisait demi-tour en entendant nos cris. Gérard devait alors rebrousser chemin, pédalant à perdre haleine, et nous n'apercevions plus que la petite lueur de son catadioptre rouge qui s'éloignait dans le noir. Puis à nouveau le phare jaune, signal que le danger revenait dans notre direction…

Jamais nous ne réussîmes à donner une seule passe. Mais si, dans son va-et-vient, la vague noire du troupeau marquait bien l'espace de notre échec, c'était un échec sans tristesse… Nous marchions sur les traces mythiques de Juan Belmonte et de ses compagnons.

Lointaines aussi les corridas où nous avions remplacé notre paire de cornes par deux grands couteaux de boucher soigneusement aiguisés. Nous étions devenus les héros de *La Capitale du monde,* cette nouvelle d'Hemingway, où deux « apprentis toreros garçons de café » jouent à la mort dans le sous-sol d'un restaurant de Madrid. Nous nous sentions si proches d'eux qu'il nous fallut absolument les imiter. Inventer le danger pour faire naître la peur… et voir ensuite ce qui se passerait. Contrairement au livre, le jeu s'était arrêté sans véritable drame, mais avec un « coup de corne » rare : une profonde entaille dans le talon, pour celui dont la lenteur à franchir l'alignement de pierres symbolisant la barrière avait été fatale à son pied.

Le blessé, peu ému par la vue du sang, s'était éloigné à cloche-pied pour aller détacher du guidon de son vélo quelques lanières de ruban adhésif, suturant habilement la plaie, avant de retourner en piste toujours à cloche-pied, savourer le triomphe de son courage.

— Excuse-moi ! J'ai été con… avait dit le monstrueux toro.

Nous avions désormais abandonné le mont Margarot pour la piste des arènes de Nîmes. Plus besoin d'imaginer, comme nous le faisions dans notre terrain vague, des gradins, des barrières ou le toril : nous nous entraînions dans le décor majestueux des grandes corridas. Sur le mont Margarot les habitants du quartier, aussi bien ceux dont les fenêtres donnaient sur notre arène que les passants, étaient habitués à nous voir jouer au toro. Ils nous observaient avec sympathie. Ici, nous étions souvent agacés par les *¡ Olé !* moqueurs de quelques touristes, et franchement scandalisés par ceux dont le culot allait jusqu'à nous emprunter une cape ou une muleta pour se faire photographier dans des poses ridicules de matadors d'opérette. Certains pensaient même que nous étions en quelque sorte employés pour les divertir durant leur visite du monument.

Maintenant, Christian m'accompagnait plus souvent. Après lui avoir ordonné de ne sortir des arènes sous aucun prétexte, je pouvais m'entraîner tranquillement, sans avoir à le surveiller, jusqu'au coup de sifflet du concierge annonçant la fermeture des portes. Comme tous les gamins qui découvrent les arènes, il prit plaisir à grimper les escaliers de pierre, à courir au sommet des amphithéâtres, s'arrêter pour regarder toute la ville à ses pieds, sauter d'un gradin à l'autre pour explorer les recoins que l'on ne peut pas deviner depuis la piste. Pour en avoir plusieurs fois discuté avec lui, je sais combien Christian trouvait un peu ridicule le cérémonial avec lequel mes copains et moi-même pratiquions nos entraînements. Nous nous interpellions dans un jargon mi-français mi-espagnol, à mille lieux de penser que l'on pouvait nous trouver étranges. C'était Christian, par contre, et sa totale ignorance de la tauromachie, qui paraissait bizarre aux yeux des apprentis toreros. Il ne savait ni toréer ni faire le toro, et il ignorait même que Manolete s'appelait Manuel Rodríguez ! Grand amateur de feuilletons télévisés, ses héros favoris se nommaient Thierry la Fronde ou Zorro, et la technique subtile du lance-pierres et du vélo sans freins l'intéressaient bien plus que la rivalité entre Dominguín et Ordóñez. On se moquait un peu de lui, bien sûr, puisqu'il n'était pas comme nous :

— Tu sais, me disait-il, tes copains, ils se montent la tête avec leurs histoires…

À la longue, excédé par les petites moqueries dont il était la victime et qui l'agaçaient beaucoup, il voulut apprendre à se servir d'une cape. Je lui donnai quelques conseils, et de temps en temps il descendait dans la piste pour dessiner des passes, avant de continuer son exploration des arènes. Christian était encore très petit, très fluet, et ma cape bien trop grande et trop lourde pour lui. Lorsqu'il se mettait à genoux pour dessiner une *larga,* il ne pouvait pas terminer correctement son geste. Entraîné par l'envol et le poids de l'étoffe, il était déséquilibré et se retrouvait au sol dans une position ridicule. Les rires des plus expérimentés le mettaient secrètement hors de lui.

— Ne t'en fais pas, lui disais-je, lorsque je lisais dans ses yeux la rage et le dépit, ils ne sont pas vraiment méchants. Seulement un peu bêtes !

Et Christian s'éloignait… Il courait vers la présidence et disparaissait. Je savais qu'il bondissait de marche en marche dans le clair-obscur des escaliers, et que l'effort de cette longue ascension allait effacer dans son cœur toute peine, puisqu'il réapparaîtrait, souriant, au sommet des arènes pour me saluer d'un grand signe de la main.

Pendant les mois où j'allais vivre en Espagne, j'oubliai Christian, ignorant tout de sa vie, tant la mienne, taurine et bohème, absorbait toutes mes pensées.

Un matin, à Salamanque, je reçus une lettre de lui en poste restante, elle contenait une petite photo floue, en noir et blanc, avec au dos cette simple phrase : « Ma première passe de cape dans les arènes de Saint-Christol-lès-Alès. »

Lorsque, l'hiver venu, je rentrai à Nîmes, je trouvai Christian déjà très passionné par la tauromachie. J'aimais sa façon de raconter sans emphase ses aventures. Sa gentillesse m'enchantait, mais je ne cessais de le mettre en garde en lui décrivant toutes les difficultés que je rencontrais en Espagne. Je ne voulais pas l'encourager, ni le laisser rêver à travers moi d'un milieu taurin que je savais dur, cruel, plus encore, pensais-je à l'époque, pour un jeune Français.

— Ne t'en fais pas, me répondait-il. Je m'amuse en toréant, ça me plaît, mais je travaille à l'école !

Je ne le croyais pas vraiment. J'étais un peu inquiet, mais je voulais me rassurer. Je lui voyais des comportements attendrissants de gamin qui cherche à s'affirmer, à grandir…

D'année en année, de départs en retours, nous avions pris l'habitude de nous raconter, un peu comme des secrets, les moments les plus importants de nos vies. Christian, je le sentais bien, était fier d'avoir un frère

« torero en Espagne », et moi heureux de la complicité grandissante entre nous.

Il s'intéressait aussi à la guitare, s'enfermait dans sa chambre pendant des heures, plaquant de sa main trop petite des accords dont j'imaginais la difficulté aux grimaces appliquées qui crispaient son visage. Lorsqu'il parvenait à égrener sans fausse note quelques accords d'une *bulería*, la joie que je lisais dans ses yeux me faisait sourire, caché derrière mon livre.

— C'est bien ! lui disais-je.

Il quittait alors une seconde les cordes des yeux pour me dire :

— Je crois que j'ai trouvé…

◆

Ma vie a pris un tournant décisif d'une façon qui me paraît encore aujourd'hui incroyable.

Avec mes copains, nous nous sentions seuls et incompris dans notre désir insensé de vouloir devenir toreros… Les aficionados nîmois nous conseillaient de ne pas trop rêver. Toréer, disaient-ils, est un passe-temps sympathique, mais de là à en faire un métier, ce n'est pas raisonnable. Il fallait, prétendaient la plupart, avoir du sang espagnol pour devenir torero.

— Étudiez ! Apprenez un métier, et amusez-vous à toréer le dimanche !

Pourtant, nous apprîmes par un journal qu'une école taurine allait se créer à Nîmes, et nous nous précipitâmes au bar du Soleil pour nous faire inscrire. C'était le siège de la *peña* Paco Herrera-Ricard. C'est là que nous fîmes la connaissance de l'oncle du célèbre matador, un temps rival d'El Viti. Il nous expliqua qu'avec l'aide d'aficionados et de journalistes nîmois, il allait organiser des cours de tauromachie de salon dans les arènes. Une fois inscrits, nous nous rendîmes chaque dimanche sur le lieu de notre nouvel apprentissage. Les responsables ne nous disaient pas grand-chose, mais promettaient qu'à la fin de l'année l'un de nous serait invité à passer quelques jours à Salamanque pour participer à des *tientas*. J'avais finalement été choisi, et c'est ainsi que je me retrouvai une nuit en gare de Nîmes pour prendre un train qui me mènerait jusqu'à Madrid où m'attendait Pepe Bernal. C'était pour moi une chance de sortir du bourbier des courses de toros et de vaches emboulées françaises.

J'étais là, enfin, dans le pays des toros et des toreros. Je sentais au fond de moi un grand bonheur et une grande confiance.

Dès mon arrivée, Pepe Bernal m'avait emmené à Salamanque où j'avais pu non seulement voir toréer El Cordobés, Pedres, Jaime Ostos, mais où l'on m'avait aussi permis de donner après eux quelques passes. Les vaches m'étaient apparues si faciles par rapport aux toros de Camargue que j'avais fait immédiatement bonne impression. On disait de moi : « il est Français, et il sait toréer ! », un peu comme on aurait dit : « c'est un Martien, et il joue au golf ! »

Pepe Bernal, toujours à la recherche d'un futur torero, s'intéressa alors à moi autrement qu'à un jeune étranger dont il avait accepté d'être l'accompagnateur pendant les dix jours d'un voyage. Je l'ai bien senti, lorsque à la fin d'une *tienta*, j'ai dû toréer tout seul une vache vieille et très armée, il me testait.

— Alors, tu veux vraiment devenir torero ? C'est très dur, tu sais !

Bien sûr, que je le voulais ! Qu'avait-il cru ?

— Je peux t'aider, et devenir ton *apoderado,* si tu le veux.

J'étais émerveillé par ma chance.

Il décida que nous irions bientôt à Nîmes pour signer le contrat, dès que j'aurais l'autorisation de ma mère. En attendant, je resterais en Espagne, et Pepe Bernal se chargerait de tout.

Après cette conversation, tout a changé. Bernal a commencé mon éducation taurine, et je l'écoutais passionnément.

— Regarde bien toréer les vedettes, il y a beaucoup à apprendre d'elles, sois sérieux, entraîne-toi, regarde beaucoup les toros et les vaches, car c'est en observant leurs réactions que tu apprendras le plus important.

Il me racontait la vie des grands toreros, leurs triomphes, m'énumérait aussi tous les pièges dans lesquels peuvent tomber des jeunes gens pourtant pleins de talent, qui finissent aigris, amers.

Une fois, Bernal me désigna un jeune homme de mon âge, avec des bottes de cuir dont je connaissais le prix astronomique.

— Regarde ! C'est Manolo, il va débuter en mars à Vista Alegre, il est venu passer quelques jours ici pour tienter avec José Falcón.

Je regardais le jeune torero, et j'étais heureux à l'idée de partager avec lui les mêmes rêves.

Le *toreo*, je me l'expliquais très bien. Je le voyais clair. Lorsque je m'imaginais en train de toréer, je pensais qu'il était important d'avancer vers le toro lentement, avec élégance… Marcher vers lui, en me tenant très droit…

Je devinais déjà que ce toro « que j'allais devoir bientôt affronter » ne ressemblerait pas à celui, pourtant le même, que les spectateurs verraient du haut des gradins. Mon privilège serait de le voir – et surtout d'être regardé par lui – à ma propre hauteur…

Je suis calme, presque joyeux, je vois dans le moindre détail ses yeux, son frontal frisé, ses cornes si larges, si menaçantes… En même temps, je me sens avancer, glisser vers lui tout doucement… Je lui tends ma muleta et je l'appelle, « hé hé, toro ! ». Il souffle, il charge, j'entends ses sabots marteler le sable… Soudain, à deux mètres de moi, il semble se transformer car, en baissant la tête pour attraper ma muleta, il me découvre sa nuque, son cou, son garrot ensanglanté… Je le vois tout à coup par-dessus, je vois ses cornes au-dessous de moi, près de mes jambes, tout son corps défile contre le mien, j'entends son souffle, je sens son odeur, je devine sa force… Et je n'ai pas bougé ! Combien de fois ai-je merveilleusement toréé, au cours de faenas imaginaires ? Ces rêves, pour moi, ne furent jamais inutiles. Ils étaient le meilleur des entraînements, entretenaient le désir d'aller vers le beau, me permettaient de ne pas craindre le quotidien. Jusqu'à l'arrivée de Christian, cette quête incessante fut le sens de ma vie, avant de devenir la nôtre.

Mais les semaines passaient, et Pepe Bernal se décourageait. Comme le syndicat des toreros refusait toujours de laisser toréer un Français, il n'avait pas grand-chose à me proposer. Il s'occupait un peu moins de mon éducation. J'appris à me déplacer facilement dans Madrid avec le métro, j'appris aussi à ne pas le payer. Je ne m'ennuyais jamais. Entre l'entraînement à la Casa de

Campo, les heures passées à discuter ou à rêvasser devant un verre de café au lait, j'attendais que mon *apoderado* me fasse signe.

J'avais la chance de lui laisser la charge de rechercher des contrats. Il me plaisait beaucoup mon *apoderado* : il était toujours impeccablement habillé, et j'étais fier de me promener avec lui dans Madrid, d'entrer dans le hall des grands hôtels. Parfois, il me présentait à un matador, un éleveur, un journaliste : « *¡ Este es mi torero, Nimeño, de Nîmes, Francia !* » Généralement la personne se souvenait d'être allée un jour à Nîmes, et disait : « *¡ Nîmes ! ¡ Bonita plaza !* », et j'étais un peu flatté. On disait à Bernal en me désignant : « Il ressemble à un torero ! » Et je n'avais pas conscience que l'on parlait de moi un peu comme d'un animal, « belle croupe, poil brillant ».

Bernal m'expliquait comment Don Pepe lui avait promis un contrat pour moi, et comment ce même Pepe – ce traître – l'avait donné à un autre. Je pensais que si je ne toréais pas, ce n'était pas de ma faute : c'était la faute du syndicat, des impresarios qui n'avaient pas de parole...

J'avais en somme quelques soucis, beaucoup d'espoirs, mais mes souffrances étaient douces, car je les vivais dans un pays dont j'avais toujours rêvé. J'étais libre. Je commençai en cachette à fréquenter le quartier taurin, celui du centre de Madrid, de la plaza Santa Ana. Les gens de toros, c'étaient les petits organisateurs de courses de villages, les banderilleros trop vieux ou trop mauvais pour travailler avec des vedettes et, surtout, cette foule de petits toreros médiocres, dont la principale préoccupation était de paraître, d'essayer par toutes sortes de combines d'avoir une tenue et un comportement en accord avec leurs mensonges. À les écouter, ils semblaient connaître tous les secrets et les stratégies des grands du monde taurin. Ils étaient au courant de tout, et lorsqu'ils disparaissaient huit jours, c'était pour revenir avec le récit de leur voyage à Séville ou à Salamanque, la description de leurs triomphes, de leurs conquêtes. C'étaient des toreros de bistrot. J'enviais leur aisance, leur façon d'entrer dans les bars en criant à tue-tête avant même d'arriver au comptoir :

— Une bière bien fraîche et une ration de calamars !

Je savais bien que la plupart de leurs histoires étaient fausses, mais j'avais plaisir à les écouter. Au fond, je les admirais.

Avant même de venir à Madrid, j'avais découvert Salamanque pendant un séjour de deux semaines. J'avais été fasciné par cette ville pleine d'étudiants avec lesquels je passais des heures à discuter passionnément de politique. La France, pour eux, en 1964, était une sorte de paradis, le pays de la démocratie, de la liberté, du droit à s'exprimer sans crainte. J'admirais leur foi en l'avenir, leurs luttes, je sentais bien qu'ils m'aimaient parce que je venais de là-bas. Ils me questionnaient souvent, et m'obligeaient ainsi à réfléchir sur beaucoup de sujets auxquels je n'avais jamais pensé puisque, du moins en apparence, ils n'avaient rien à voir avec les toros. Je me souviens, sur la plaza Mayor, de ces étudiants mettant le feu à une pile de journaux qui donnaient des informations erronées sur les problèmes de l'Université, l'arrivée brutale de la garde civile, et cet étudiant handicapé provoquant d'une voix chevrotante d'émotion un policier :

— Frappe, mon frère, si tu l'oses !

Mais ce qui me passionnait le plus, c'était bien sûr la vie taurine de la ville. Je pouvais pour quelques pesetas aller à la cafétéria Las Torres et regarder entrer et sortir les célébrités. Les grands éleveurs de toros, les matadors vedettes qui, entre deux voyages au Mexique ou au Pérou, allaient passer quelques jours à la campagne. Je les reconnaissais dans la rue, sur les marches du Grand Hôtel, je les suivais à distance. Lorsqu'ils entraient dans les bars, les gens se levaient pour les saluer, et on se donnait en riant de grandes accolades. J'admirais leurs bottes de cuir fin, leur blouson avec le col en fourrure, leur démarche élégante. Je finissais toujours par apprendre qu'ils étaient là pour quelques jours, qu'ils allaient s'entraîner chez Antonio Pérez, chez Lisardo, chez Atanasio, ou bien tuer quelques toros en privé dans les grandes arènes de Salamanque.

◆

Pepe Bernal pensait que Madrid était bien trop dangereuse pour y laisser vivre seul un adolescent, surtout s'il voulait devenir torero. Dans une Espagne très pudibonde, la capitale offrait, sans trop avoir à les chercher, toutes les tentations.

— Il y a, disait-il, beaucoup de voyous. Ne fréquente pas n'importe qui. Il suffit qu'on te voie avec quelqu'un qui a mauvaise réputation pour que, très vite, tu aies la même !

Les toreros de Pepe Bernal recevaient régulièrement conseils et mises en garde.

— Une vie saine et décente, voilà tout… répétait-il avec conviction.

Ma première adresse à Madrid fut donc très éloignée des quartiers « dangereux » où les gens de toros et ceux de la nuit se côtoyaient étroitement. Pepe Bernal m'envoya vivre dans une pension de famille, rue Goya. Concha, la patronne, une vieille dame andalouse, louait quatre chambres à des étudiants ou à des gens « décents » (elle aussi employait souvent ce mot). Elle se considérait un peu comme la grand-mère de ses hôtes, surveillant tout, nous imposant des règles strictes. Avant de nous laisser sortir, elle inspectait notre coiffure, le nœud de nos cravates et le brillant de nos chaussures. Elle nous mettait en garde contre les dangers de la rue : les voyous, les voleurs, les femmes de mauvaise vie, les ivrognes. Elle dépensait beaucoup d'énergie à essayer de faire de nous des « messieurs » *(unos señores)*. Concha n'arrêtait jamais de travailler. Elle faisait les chambres, les repas, elle lavait, repassait notre linge, sans cesser de nous raconter des histoires ou d'écouter attentivement les nôtres. Les étudiants partaient tôt le matin et ne rentraient que pour dîner, tard le soir. Je me retrouvais très souvent seul avec Concha. Nous parlions, en espagnol bien sûr, et elle profitait de ces conversations pour me corriger et m'apprendre à mieux parler sa langue. Parfois, à sa demande, je disais quelques phrases en français. Elle écoutait sérieusement, mais finissait toujours par éclater de rire. Elle portait alors sa main devant la bouche et disait :

— *¡ Qué barbaridad ! ¡ Qué barbaridad !*

Parfois, sur le balcon, et tout en arrosant ses pots de fleurs ou en nettoyant la cage des canaris, elle me parlait de sa jeunesse.

— Tu vois, *Alen,* disait-elle en me montrant le Palais des sports, avant, c'était les arènes. D'ici, je voyais les gens arriver dans des attelages tirés par des chevaux : les toreros, les picadors, les gens élégants. La rue était pleine de monde ! C'était un spectacle merveilleux ! Ma mère me grondait, elle disait que les jeunes filles ne devaient pas se donner en spectacle sur les balcons, mais j'étais tellement fascinée par tout ce remue-ménage que je désobéissais sans remords. C'est d'ici même que j'ai appris, parce que les gens le criaient dans la rue, la mort du petit Valencien, Manuel Granero, en... 1922.

Concha savait peu de choses du monde des toros. Quelques *novilleros* avaient pourtant vécu chez elle avant moi, mais elle n'en gardait que le souvenir de la somptuosité des costumes dont elle avait eu la garde, et de la grande inquiétude qu'elle éprouvait lorsqu'ils allaient toréer et qu'elle allumait des bougies devant son petit autel pendant tout le temps de la corrida.

— Quel plaisir avez-vous à affronter les toros ? C'est si dangereux... Enfin, chacun sa folie !...

Au début, j'étais un peu agacé, et je me disais : de quoi elle se mêle ? Mais très vite, j'ai fini par adorer cette vieille dame qui ne se plaignait jamais. J'ai découvert un jour par hasard, et à ma grande confusion, le secret de son sourire : dans un verre d'eau, elle trempait des morceaux de coton qu'elle modelait ensuite du bout des doigts pour en fabriquer de petites dents trop blanches avec lesquelles elle bouchait le vide des deux incisives qui lui manquaient. La précarité de son système l'obligeait à renouveler fréquemment l'opération. Je comprenais maintenant cette main trop souvent placée devant sa bouche. Concha était coquette, elle avait un chignon impeccable, elle se maquillait un peu, posait toujours sur ses épaules un châle de laine noire, et partait ainsi à petits pas rapides faire les courses, sur un parcours qui n'avait pratiquement pas changé depuis soixante ans.

Le temps passé chez Concha avait fait de moi un jeune homme poli, et mes bonnes manières, que l'on attribuait parfois à ma nationalité, n'étaient en réalité qu'un peu de timidité et le fruit des efforts que je n'avais cessé de m'imposer pour lui faire plaisir.

Ce que Pepe Bernal et Concha avaient oublié, c'était qu'à quelques pas de là, à la cafétéria El Trebol, se réunissait tous les jours la bande des toreros sud-américains. Quelle déception pour Concha si elle avait pu voir mon ravissement devant le spectacle d'une douzaine de toreros et autant de filles, les uns derrière les autres, chacun avec le bras droit posé sur l'épaule de son voisin ou de sa voisine, un verre dans la main gauche, faisant le petit train en poussant des *tchou-tchou* avant de disparaître en se dandinant dans l'escalier qui menait vers les salles du sous-sol. Sur le même trottoir, pendu par les jambes à la branche d'un arbre, la tête en bas, leur copain le *novillero* fou imitait les singes d'Amazonie, puis mimait en louchant tout le désespoir de sa solitude en une furieuse et triste masturbation.

◆

En 1964, un véritable vent de folie s'empara de toute l'Espagne à l'annonce de la confirmation d'alternative à Madrid de Manuel Benítez El Cordobés. Les triomphes répétés du torero avaient soulevé une passion extraordinaire qui avait dépassé le milieu taurin. Toutes les conversations tournaient autour de cet événement. Le climat était à la polémique, très tendu. El Cordobés pourrait-il triompher devant le public le plus exigeant du monde ? Dans les journaux, des entreprises faisaient passer des encarts expliquant qu'exceptionnellement elles permettraient à leurs employés de sortir plus tôt du travail pour regarder l'événement à la télévision. Peint en grosses lettres blanches sur la vitrine des bistrots, on pouvait lire que l'établissement serait aménagé pour assister commodément au triomphe d'El Cordobés. Madrid était prise de fièvre. Le temps était gris, menaçant, et il commença à pleuvoir quelques heures avant le début de la corrida. Lorsque apparurent sur l'écran les trois toreros examinant l'état de la piste, un grand silence se fit dans le café d'où j'assistais à la retransmission. Annulée ? Pas annulée ?

« Mesdames et Messieurs, il semble bien qu'El Cordobés soit d'accord pour toréer malgré l'état de la piste. »

Les gens se mirent à crier, à gesticuler, « *¡ Olé los toreros con cojones !* » Éclatant de rire, se frottant les mains, El Cordobés en cet instant incarnait totalement le héros, celui qui n'a peur de rien et dont le destin ne peut être que glorieux. Les soixante clients du bistrot, les vingt mille spectateurs des arènes, juste à côté, et les millions de téléspectateurs dans toute l'Espagne s'identifiaient à cet homme, et s'apprêtaient à vivre avec lui une aventure exceptionnelle. Tous connaissaient l'histoire de ce garçon pauvre qui n'avait pas honte de son passé de vagabond, de crève-la-faim, et qui là, dans quelques secondes, allait porter, au risque de sa vie, l'espoir et l'exaltation de tout un peuple.

Dès la rencontre en piste du toro de Benítez Cubero et d'El Cordobés, tout fut idéalement parfait. Le triomphe monta dans un crescendo de passion inouïe, et le coup de corne dramatique nous laissa tout frémissants d'inquiétude et de perplexité. Allait-il mourir ? Était-il déjà mort ?

Déjà les gens quittaient le bistrot dans l'espoir de voir passer l'ambulance qui n'aurait que très peu de chemin à faire pour se rendre à l'hôpital des toreros, calle Bocangel.

Le lendemain, El Cordobés, sauvé, finissait d'écrire une nouvelle page de sa légende.

Comme pour faire contrepoids dans mon esprit à cette tauromachie glorieuse, je devais assister dans ces mêmes arènes et la même année, terrifié, à la mort du banderillero Manuel Laitón El Coli. Alors qu'il toréait à la cape, il glissa et tomba à plat ventre. Le *novillo* sembla simplement poser la tête sur ses reins et le pousser avec le museau. On l'emporta en courant par l'intérieur de la barrière. Je le vis passer au-dessous de moi, grimaçant et livide. La corne l'avait en réalité transpercé du dos jusque dans la poitrine. La course continua. Mais juste avant la sortie du quatrième *novillo* de Rodríguez de Arce, je vis surgir des picadors qui traversèrent toute la piste à pied. Des banderilleros et des matadors vinrent à leur rencontre. Tous pleuraient. Ils se donnaient de brutales accolades. On annonça immédiatement le décès d'El Coli, et la course fut arrêtée. Je sortis des arènes en pleurant, et je me mis à marcher dans les rues. Il me revenait en mémoire qu'à la sortie du toro, mes voisins avaient hurlé que c'était un veau indécent, indigne des arènes de Madrid. Je me souvenais surtout qu'après l'annonce de la mort du torero, des gens s'étaient signés autour de moi, et qu'un homme avait crié dans le silence :

— ¡ *Viva la fiesta brava!*

Je tremblais. J'avais la chair de poule. L'image d'El Coli si pâle, recroquevillé dans les bras de ceux qui le portaient vers l'infirmerie repassait dans ma mémoire. Je marchais, je n'avais pas envie de rentrer chez Concha. Tout ça était dégueulasse !

Le lendemain, dans les journaux, il n'était question que de la grandeur de la *fiesta,* de ces hommes, vêtus de soie et d'argent, qui payaient le tribut de leur passion. Moi, je ne trouvais rien de grandiose dans cette histoire : je pensais que la mort de cet homme avait été horrible, comme toutes les morts.

Le triomphe du Cordobés, la mort d'El Coli. En quelques mois d'Espagne, j'avais appris la tauromachie des extrêmes. Tout ce que j'avais vu était terrible mais, curieusement, je me sentais malgré moi attiré irrésistiblement par ce monde étrange. La tauromachie dont j'avais rêvé se révélait en réalité plus fascinante encore que dans mes rêves. Je me croyais condamné à rêver grand et tragique. Je croyais que les jeux étaient faits. Et je commençai à me fabriquer une tauromachie où la vie – celle que l'on prend au toro ou celle que le toro vous prend – obligeait le torero à se donner des règles éthiques bien plus que des principes techniques.

L'histoire d'El Cordobés, si elle enthousiasmait les foules, agaçait un peu les aficionados. Le Cordobés arrivait aux arènes avec un discours accessible au plus grand nombre. On parlait dans la rue autant des anecdotes de sa vie que de sa façon de toréer. Les discours doctes des aficionados, les certitudes des professionnels furent balayés. Des centaines de gamins se rêvèrent vagabonds, puis célèbres et riches, non seulement pour prendre une revanche personnelle sur leur pauvreté, mais aussi pour s'offrir le bonheur de la générosité et de l'héroïsme. C'est ainsi que, dans la rue, on comprenait et on aimait El Cordobés.

Flairant la bonne affaire, les impresarios des arènes de Vista Alegre, dans la banlieue de Madrid, organisèrent dès l'année suivante *la oportunidad.* Et l'on vit arriver des quatre coins d'Espagne des centaines de gamins prêts, comme El Cordobés, à tenter l'aventure, à triompher ou à mourir. Ces courses étaient télévisées, et l'on pouvait assister chaque semaine en direct à l'incroyable spectacle de ces gamins venant jouer, en vingt minutes et devant toute l'Espagne, une page capitale de leur histoire. C'était un spectacle superbe et cruel car la lutte de ces gosses, leur rêve, débouchaient bien plus souvent sur un échec que sur un triomphe. Mais tout était spectacle. C'était une représentation dramatique et sans demi-mesure. Le succès ou l'échec en direct. J'ai le souvenir de ces apprentis toreros sortis un instant de l'ombre pour la lumière des projecteurs, et de leurs discours, étrangement semblables :

— J'ai seize ans. Je suis de Linares. J'ai deux frères et deux sœurs. Je dédie cette course à ma famille. Je suis prêt à tout pour triompher.

Le toreo revenait à ses sources les plus populaires. Plus que la corrida et sa technique, sa tradition ou son histoire, les spectateurs venaient chercher dans les arènes l'émotion profonde qui leur parlait d'eux, de la lutte sans merci d'un homme et de son destin. Plusieurs toreros avaient incarné cette lutte. Le plus souvent, c'étaient des héros sombres. Tout dans leur attitude rappelait le risque de la mort. Tout, dans l'attitude d'El Cordobés, respirait la joie de vivre. Torero sombre, torero clair… Toreros !

◆

Pepe Bernal, à qui l'on avait dû raconter que ma vie à Madrid n'était pas sans fantaisie, décida de m'envoyer vivre à la montagne, dans le village de Guadarrama. Je détestai immédiatement ce nom, car malgré les deux *r* que je prononçais parfaitement, il était devenu synonyme pour moi de privation de ce que j'appelais pompeusement alors, ma liberté.

Finies les corridas du dimanche, où j'avais le choix entre trois programmes : je pouvais rester à Madrid, à Las Ventas, ou bien aller à Vista Alegre ou à San Sebastían de los Reyes, dans la banlieue. Pour ces deux dernières arènes, il me suffisait de prendre le bus, bourré d'aficionados, pour être immédiatement plongé dans l'ambiance de la course. J'écoutais passionnément les commentaires sur les toros qui devaient être combattus, sur les toreros que je ne connaissais pas. J'allais perdre tout cela. J'allais perdre les avantages de la bibliothèque du lycée français, dont je fréquentais les locaux, en imitant de mon mieux l'attitude pensive de l'étudiant studieux ; j'allais perdre aussi les places de « claque » où j'étais étonnamment payé pour assister aux spectacles dans tous les théâtres de la ville. Et mes amis ? Savait-il, monsieur mon *apoderado*, que le matin, je pouvais lors d'un tout petit tour dans les ruelles de la plaza Santa Ana, échanger des saluts avec plus de dix personnes ?

Et le parc du Retiro, où on m'affirmait qu'on avait vu Miguelín faire son footing, filant comme une flèche, sautant à pieds joints par-dessus les bancs avant de disparaître, trempé de sueur, une serviette de toilette blanche nouée autour du cou, vers son hôtel Palace dont j'imaginais la splendeur et le luxe intérieur à la seule vue des chapeaux hauts de forme et des redingotes rouges des portiers ? Je n'allais plus pouvoir m'entraîner avec Hector Villa, El Chano, mon ami colombien qui avait divisé son pécule par le nombre de mois qu'il se donnait avant de réussir, et qui se maintenait en forme avec deux bananes et un litre de lait par jour. Hector m'expliquait son entraînement : torse nu et en short, il se mettait au soleil pour sauter à la corde et ne s'arrêtait que lorsqu'il pouvait voir, sur les dalles de pierre, à ses pieds, une véritable auréole de sueur. Hector avait inventé le double *farol* à genoux.

— Tu crois que c'est possible ? me demandait-il.

— Non, à mon avis, ce n'est pas possible.

Hector, quelques mois plus tard, en m'apercevant dans la rue, m'avait crié :

— Je l'ai fait, Alain ! Je l'ai fait, mon *farol*, à Valdepeñas, à un toro de cinq ans !...

Hector Villa, matador de toros, tué par une voiture en traversant la rue. Il devait penser aux toros...

Madrid, les petites ruelles avec leur odeur de friture, les bars avec leurs grandes têtes de toros et leurs affiches graisseuses accrochées au mur, les petits restaurants où nous profitions sans vergogne de la générosité des serveuses qui n'hésitaient pas, attendries par notre jeunesse et notre féroce appétit, à nous donner double ration, ou parfois même à ne pas nous faire payer du tout.

— Mange *¡ hijo mío !* et sauve-toi…

Madrid la nuit, et le *sereno* qu'on appelait en frappant fort dans ses mains, et qui cognait le sol de son bâton en criant « *¡ Voy !* », j'arrive !

Madrid où l'on parle haut et fort, où l'on crie *¡ Olé !* aux toreros dans l'arène, et aux femmes dans la rue.

Madrid, les soirs où toute la ville est dehors pour faire un tour, une *vuelta*, se montrer, regarder les autres, passer d'un bar à l'autre pour goûter les *tapas* qui n'étaient pas encore les rations payantes d'aujourd'hui. Un verre de vin allait toujours avec un petit poisson frit, un bout de calamar, une olive, un anchois, un bout d'oreille de porc ou d'omelette. Et de Ventas à la Puerta del Sol, en passant par Embajadores, Madrid était une mosaïque de véritables petits quartiers que je finissais par bien connaître, où j'avais des habitudes, des amis, des repères qui m'aidaient à supporter l'absence de toros.

Ce départ pour Guadarrama, je ne l'avais pas compris, était pourtant une preuve de l'intérêt que me portait mon *apoderado*. S'il tenait à m'envoyer ainsi à la montagne, s'il insistait autant sur les risques du Madrid de la rue, c'était peut-être bien parce qu'il croyait en moi, et qu'il me croyait capable de mieux, après mes premiers succès. Et puis Guadarrama, c'était surtout une zone d'élevage de toros de combat. À quelques kilomètres paissaient les toros du duc de Pinohermoso, de Maria Teresa Oliveira, de Baltasar Ibán, de Gandarías. Guadarrama possédait aussi une arène, ainsi que tous les petits villages alentour. Il s'y organisait des courses pendant l'été, auxquelles je pourrais peut-être participer. Je devais, pour le moment, profiter du grand air, de la bonne cuisine que faisait la patronne de la pension. À moi de m'entraîner, de devenir fort et d'être préparé pour triompher dès que l'occasion se présenterait.

— Tu veux vraiment être torero? me questionnait Bernal

— Oui!

— Alors, tu dois commencer à faire un effort ici.

J'allais être seul, bien sûr, mais de cela, Bernal ne disait pas un mot. À mon arrivée au village, et à peine installé à la pension, l'on me traîna au bistrot pour me présenter les habitués que je reverrais désormais tous les jours, car les distractions étaient rares, et le bistrot, avec les promenades en groupe le soir le long de la route, seraient mes seules distractions.

Je découvris peu à peu les secrets de Guadarrama: l'endroit où nichent les cigognes, la Jarosa, ce torrent dans la montagne où, après un bon entraînement, je pouvais prendre un magnifique bain avant d'arriver à la pension. On m'apprit des raccourcis, des bouts de sentiers dans la montagne, des brins d'histoires des uns et des autres, et en contrepartie, je dus raconter un peu de ma vie. Je finis par me sentir tout à fait à l'aise, même si j'étais seul pour m'entraîner, et si je passais des heures et des heures dans la piste déserte des arènes, à regarder mon ombre et celle de ma muleta glisser sur le sable brûlant.

Dès le printemps et pendant tout l'été, je me rendis deux fois par semaine dans un petit élevage où des cars de touristes partis de Madrid s'arrêtaient, le temps d'une courte fête taurine et d'un repas, avant de continuer leur périple vers l'Escorial ou le Valle de los Caídos. Mon travail consistait à divertir les excursionnistes en toréant une vachette ou deux. Lorsqu'elle pénétrait pour la première fois dans la piste, je pouvais vraiment toréer.

Parfois, je devais conseiller quelques téméraires à qui je prêtais ma cape en priant pour qu'ils ne se la fassent pas déchirer. Lorsque la même vachette, devenue intoréable, ressortait une nouvelle fois, je devais me débrouiller autrement. Je l'appelais de loin, je courais droit sur elle pour l'obliger à me charger. Arrivé à deux mètres d'elle, en plein élan, je la franchissais d'un seul bond, des cornes à la queue. Je m'aidais quelquefois, pour ce saut, d'une perche. C'étaient des matinées épuisantes, car j'étais seul, et lorsqu'il m'arrivait de me faire renverser, je devais carrément m'accrocher aux cornes en attendant l'aide de quelque ouvrier agricole, ou que la vache enfin fatiguée me laisse fuir. Nous luttions ainsi dans la poussière, parfois nous restions immobiles, haletants, et je sentais le souffle chaud de l'animal m'envelopper. Ce corps à corps, dont je sortais moulu et plein de bave, faisait en quelque sorte partie du spectacle. J'étais payé, et de plus j'étais autorisé à manger avec mon public.

Bernard Dombs, pendant ce temps, vivait à Madrid, et nous nous écrivions. Il me parlait de sa vie monotone dans la capitale, et des difficultés de son *apoderado* pour lui trouver des contrats. Lorsqu'il me rendit visite à Guadarrama, je fus heureux de reparler français. Je lui fis visiter le village, puis la montagne, et je le présentai à un troupeau de bœufs blancs pour lesquels nous improvisâmes un grand spectacle. Chacun à notre tour présentateur et artiste, nous fûmes, le temps d'une après-midi, chanteur, jongleur, danseur, animateur de télévision. Les bœufs purent entendre une interview exclusive de Jean-Paul Sartre et du Pape, les premières phrases de Sigmund Freud enfant, des récits de guerre, les confidences de nos *apoderados,* des discours politiques, le tout entrecoupé de réclames, de chants religieux et patriotiques… Jusqu'à un très méritoire – vu le terrain – numéro de claquettes.

Nous allions bientôt nous retrouver à Madrid, car mon *apoderado* n'avait plus les moyens de me payer la pension. Nous n'avions plus d'argent.

◆

« Monsieur le Maire, venus d'Afrique jusqu'à Guadarrama, MORENITO de Melilla et EL CHINCHA sont ici pour vous demander *una oportunidad.* Nous voulons être TOREROS, aidez-nous ! »

L'affiche était fixée à la porte principale des arènes par quatre clous rouillés de différents formats. Le texte était écrit en bleu, et les mots importants en majuscules. MORENITO, CHINCHA, TOREROS…

Je poussai le battant et entrai sur la piste pour apercevoir deux jeunes garçons assis le dos contre le mur. Ils mastiquaient, les joues incroyablement gonflées. Devant eux, posées sur une cape, une miche de pain et une boîte de sardines. Je tenais sous le bras ma cape et ma muleta, ainsi qu'une épée, car je venais m'entraîner comme tous les jours.

— Bonjour, bon appétit !

— Merci ! Tu es torero ?

— Oui. Vous aussi, non ?

— On est *maletillas,* on vient d'Afrique, de Melilla, au Maroc. Et toi ?

— Moi ? Je viens de France, et j'habite ici. Je veux devenir torero, aussi.

Je me suis assis avec eux.

— On se fait un toro ? m'ont-ils dit au bout d'un moment.

J'allai chercher dans un recoin des arènes une grande paire de cornes dont je ne me servais jamais, car je n'avais personne pour les prendre à bout de bras et imiter la charge du toro. Nous nous entraînâmes toute la matinée avec application. Une fois toro, une fois torero, chacun à son tour. Nous nous observions. J'en savais plus qu'eux. Ils s'en aperçurent, et m'expliquèrent qu'ils ne s'étaient plus entraînés depuis longtemps. Ils étaient partis depuis deux mois de Melilla, ils avaient dû s'arrêter pour travailler dans les champs du côté de Séville, puis ils avaient fait de l'auto-stop, et ensuite ils avaient marché des jours et des jours avant d'arriver à Madrid. Déçus par la capitale où ils n'avaient noué aucune relation, ni trouvé le moindre écho à leur désir de toréer, ils avaient décidé de partir vers Salamanque dans l'espoir d'y toréer quelques *tientas* dans les élevages. Ils étaient partis la veille de Madrid, toujours en auto-stop, un camion les avait finalement laissés en pleine nuit ici, à Guadarrama. Ils avaient décidé d'y dormir jusqu'au lendemain, cherchant un endroit tranquille pour s'enrouler dans leur cape et passer la nuit. Parcourant à une heure du matin les ruelles du village, ils avaient été effrayés par les aboiements des chiens et, de peur qu'on ne les prenne pour des voleurs, ils avaient immédiatement arrêté leurs recherches au pied d'une grande bâtisse et avaient découvert avec émotion qu'il s'agissait des arènes.

— Je suis sûr, me dit Chincha, que c'est un signe du destin. On a décidé de rester ici et de demander *una oportunidad*. On a fait l'affiche, et puis voilà !

Chacun d'eux possédait pour seul bagage un balluchon de tissu à carreaux marron et blanc contenant tous leurs biens : cape et muleta, bien sûr, mais aussi un pantalon et une chemise de rechange, un rasoir, du savon, un peigne, leurs papiers d'identité, et puis deux images de la vierge de la Macarena qu'ils avaient volées à Séville.

Morenito et Chincha étaient très sales, ils parlaient vite, et je remarquai que leur visage exprimait l'espoir, la colère ou la peine avant même de les dire. Nous avons décidé de nous revoir tous les jours pour l'entraînement, et puis pour parler.

L'après-midi, comme à l'habitude, j'allais donner mes cours de français à un groupe d'enfants. Les parents me faisaient confiance, quelquefois j'étais un peu payé, mais la plupart du temps j'étais invité à manger, ou bien on m'offrait un bon morceau de jambon, du chorizo ou des gâteaux. Mes « cours », je les faisais avec beaucoup de sérieux, mais en plein air, c'est-à-dire que nous partions à la campagne et que les sujets arrivaient au hasard de nos promenades. Je brûlais de raconter à mes « élèves » l'histoire des deux *maletillas* qui campaient dans les arènes. J'étais curieux de leurs réactions. L'histoire des deux vagabonds éveilla aussitôt en eux une formidable envie de les aider.

— Il faut, disait l'un, leur trouver un abri pour dormir, et leur donner à manger !

Un autre voulait leur trouver du travail, ou leur fabriquer une maison.

— *¡ Vamos a la plaza !* Allons aux arènes !

Sous un escalier qui grimpait jusqu'à la loge des autorités, Chincha et Morenito avaient déjà étendu de la paille, trouvé quelques vieilles planches, et commencé à aménager une sorte d'abri que mes élèves s'engagèrent avec enthousiasme à améliorer. Ils trouvèrent des clous, un marteau, une couverture, des cartons, des bougies, mais lorsque je les vis arriver aux arènes avec un chapelet de dix petits chorizos, un réveille-matin, des assiettes et des couverts, je dus freiner leur générosité, pressentant de rapides problèmes avec leurs parents. Ils pensèrent néanmoins à tout, et Morenito et Chincha, peu habitués à tant de gentillesse, n'en revenaient pas, ils en perdaient presque la parole. Depuis le trou creusé dans le mur de briques pour y nicher les cartes postales de la vierge et une petite bougie jusqu'à une réserve de vieux journaux et de petit bois pour le feu, les enfants imaginèrent fébrilement l'installation de leurs protégés. Un gamin apporta même une grande boîte vidée de ses dix kilos d'olives pour que les toreros puissent pisser la nuit sans avoir à sortir de leur abri. Adoptés par une bonne partie du village, ils finirent même par gagner quelques sous en aidant à défricher les sentiers dans la montagne. Pendant ce travail, ils tuaient de gros lézards verts qu'ils dépeçaient et faisaient frire.

— Goûte, c'est très bon !

— Non, non merci, j'ai déjà mangé…

— Tu as tort ! disaient-ils en grignotant le lézard auquel la grillade n'avait en rien altéré la repoussante silhouette. J'étais dégoûté. D'autant plus que je me disais : un jour ou l'autre, tu seras bien obligé d'y goûter !

Le soir, toujours dans les arènes, nous discutions souvent très tard dans la nuit, et mes amis me demandaient de les aider à écrire des lettres à leurs parents.

— Écris, toi ! Nous, on n'aime pas ça…

Ils me dictaient les mots, les phrases, ou bien nous cherchions ensemble comment mieux dire les idées.

« Papa, maman, tout va bien. La santé aussi. Je vis très bien à Guadarrama, où j'espère bientôt toréer, avec Chincha. Nous mangeons bien. Ce soir, le ciel est plein d'étoiles. Elles brillent comme le costume de lumières que j'aurai pour mon alternative. Nous sommes partis pour triompher dans la vie. On en profitera tous. Je vous aime… »

— Dis-leur que j'ai grossi ! Dis-leur qu'on dort à l'hôtel.

Et je donnais l'adresse de ma pension, où d'ailleurs n'arriva jamais aucune lettre. Morenito était affabulateur. Rien n'était pour lui aussi agréable que d'inventer des histoires sur son passé. Il oubliait ses confidences des premiers jours, le fait qu'il n'avait quasiment jamais toréé. Le soir, il se mettait à parler, parler. Il inventait d'incroyables aventures dont il était le héros. Il riait en les racontant et ses yeux brillaient.

— J'avais une paire de banderilles courtes cachées dans la poche de ma veste. Le toro est sorti. C'était un très gros toro, de plus de six cents kilos et des cornes terribles ! Je me suis levé, et j'ai sauté des gradins dans la piste. J'ai couru devant le toro, j'ai sautillé deux, trois fois sur place en criant : « Toro ! Toro ! » Alors il m'a chargé, et hop ! un écart, et je lui ai planté les deux banderilles courtes en plein milieu du *morillo*. Tu peux pas imaginer ! Le public était comme fou. Quand les flics ont voulu m'attraper pour me mettre en prison, la *bronca* est devenue terrible ! j'ai bousculé les flics, et je me suis jeté à genoux sous la loge du président pour lui demander pardon. Il m'a gracié. Je suis remonté sur les gradins, les spectateurs me tapaient dans le dos et me mettaient des billets dans les poches.

Une autre fois, c'était dans un élevage. Une vache avec des cornes terrifiantes que personne, pas même les matadors professionnels, n'avait pu toréer correctement. Mais Morenito, lui, finissait par réussir un travail superbe. Alors il devait partir pour ne plus jamais revenir, car la jalousie des toreros était telle qu'ils n'avaient pas manqué d'avertir l'éleveur :

— Si ce gars reste une minute de plus, c'est nous qui partons.

Chincha, lui, ne parlait pas. Il n'écoutait même pas son copain. C'était un triste, et je devinais à certaines de ses grimaces la violence de ses pensées. Il ne racontait rien. Un jour pourtant où, au bord de la rivière, nous jetions des pierres sur un tronc d'arbre de l'autre rive, Chincha s'est mis à parler :

— Dans mon village, il y avait notre bande et celle des Arabes. On sortait du village et on se bombardait à coups de pierres. Regarde ! me dit-il en désignant du doigt une cicatrice, comme une petite virgule au coin de sa bouche.

Un matin, j'étais encore dans ma chambre. J'ai entendu des hurlements terribles qui semblaient venir des arènes. Je me suis précipité et j'ai aperçu Chincha se roulant par terre dans la piste, le visage plein de bave et de sang. Il semblait fou et, à la vérité, il faisait vraiment peur.

Morenito pleurait, et c'est lui qui m'expliqua l'affaire : Chincha avait été mordu à l'oreille par un des gros rats que nous voyions filer parfois dans les couloirs des arènes. Il avait senti une douleur dans son sommeil, il avait porté la main à sa tête, il avait touché avec horreur le rat et il l'avait entendu s'enfuir. L'oreille déchirée, Chincha était sorti en hurlant et depuis il disait n'importe quoi, rien ne semblait pouvoir le calmer. Nous avons dû nous battre avec lui pour le ceinturer et essayer de le raisonner. Il ne voulait pas qu'on l'approche. Son visage était méconnaissable, déformé par un rictus de haine. Des voisins sont arrivés et, bientôt, il y eut une vingtaine de personnes autour de lui.

— Je ne suis rien ! Rien ! Une merde, un déchet ! Tout juste bon à être bouffé par les rats ! hurlait-il.

Et puis tout y est passé : l'injustice, le trou où il vivait, le monde des toros qui n'était que mensonges. Il voulait être torero, et il était obligé de vivre comme un rat, un rat ! Il a pleuré, crié, et puis parlé... Enfin, nous avons fini par l'entraîner chez le docteur. Avec une ordonnance, je suis allé acheter un flacon contenant une poudre jaune, pendant que le docteur lui faisait une piqûre. Nous nous sentions tous un peu coupables.

Dans les jours qui ont suivi, Chincha décida d'arrêter de toréer. Il nous annonça qu'il allait chercher du travail, se marier, et vivre une vie normale.

Morenito et lui discutaient beaucoup de leur séparation prochaine. L'un retournerait au Maroc, l'autre continuerait, avec son désir de devenir un grand torero.

Un matin, alors que nous étions tous les trois assis au soleil sur une cape, nous avons vu aux pieds d'un *burladero* bouger une forme noire. Ce n'était pas un chat, que nous observions distraitement, mais bel et bien un gros rat qui venait d'entrer dans la piste.

— Ne le laissez pas s'échapper ! nous a murmuré Chincha en se levant lentement et sans quitter le rat des yeux.

En dehors de l'entrée principale, que l'on pouvait facilement obstruer en fermant les deux battants, il n'y avait que trois *burladeros* qui pouvaient donner une sortie sur l'extérieur, toute l'arène n'étant qu'un grand mur blanc circulaire. Nous avons empêché le rat de s'enfuir en nous mettant chacun devant un *burladero* et en colmatant les entrées avec des pierres. Chincha est revenu. Il a fini de lacer ses chaussures, puis il s'est mis à poursuivre le rat qui fuyait à toute vitesse en longeant le mur. Il l'a rattrapé et a shooté dedans plusieurs fois comme dans un ballon. Le rat volait en l'air en couinant. Il essaya de grimper au mur sans succès, puis il se retourna, menaçant. Chincha lui tendit son épée de bois, et le rat, les pattes probablement brisées, avança en se traînant pour mordre le bâton.

— Tue-le! avons-nous crié.

— Non, c'est pas assez!

J'ai tourné la tête pour ne pas voir. À moitié assommé, le rat ne bougeait presque plus. Chincha voulait le faire brûler. Nous l'en avons empêché. Il est alors allé chercher un lourd caillou plat qu'il a posé sur le rat.

— Comme ça, il crèvera lentement!

Ses yeux étaient pleins de larmes. Nous l'avons entraîné hors des arènes, et lorsque nous sommes revenus, plusieurs heures plus tard, il n'y avait plus que le caillou.

◆

Avec la capitale, je retrouvai mes petites pensions de famille, calle de la Cruz, calle Ave María, calle de la Angustia, calle Espoz y Mina… J'étais angoissé à l'idée de ne pas pouvoir payer en fin de semaine, et de me voir confisquer ma valise. Des copains s'étaient ainsi retrouvés à la rue avec pour seul bagage les vêtements qu'ils avaient sur le dos. N'ayant pas d'adresse sûre, on m'écrivait en poste restante. Parfois, je trouvais dans la lettre d'un ami, d'un aficionado, un billet de banque français. Je dégringolais alors les marches de la poste, débouchais devant la fontaine de Las Cibeles, dont j'avais lu que Salvador Dali souhaitait la peindre avec de l'encre de calamar pour la rendre « invisible », et je courais jusqu'au guichet de la première banque. Il m'est arrivé de rester plusieurs jours avec juste de quoi me payer deux petits pains à une peseta et un verre de lait chaud que je bourrais du plus grand nombre possible de morceaux de sucre. J'achetais alors des cigarettes au détail. Je fumais des Celtas, des Bisonte, des Ideales, puis j'ai fini par acheter des cigarettes que les vendeurs fabriquaient eux-mêmes en récupérant le tabac des mégots. Les odeurs de friture dans les ruelles du vieux Madrid devenaient insupportables. Je tournais dans le quartier, repassant devant les mêmes bars, pour y revoir encore l'étalage appétissant des victuailles. À Las Bravas, c'était un long comptoir avec son alignement d'assiettes remplies de morceaux de poulpes rouges et blancs, des pommes de terre dorées baignant dans une sauce rouge épicée et épaisse. À la Maison des Moules, les coquilles s'entassaient au pied du comptoir où les clients les jetaient. Ils marchaient dessus, jusqu'à ce qu'un serveur vienne les ramasser avec une large pelle. Qu'il est terrible, le petit bruit de la coquille de moule écrasée sur le carrelage de ce putain de bar ! Comme il résonne dans la tête de ce petit con de Français qui veut devenir torero, pensais-je, me souvenant de Prévert. Chaque bar avait son odeur. Poisson frit, omelette, poivron grillé. À La Casa del Abuelo, spécialiste des crevettes au gril, l'odeur était terrible. Je l'aurais mastiquée. Parfois, je m'arrêtais devant une vitrine, et je m'obligeais à regarder attentivement tous les aliments, sans m'énerver. Il m'arrivait aussi de craquer, et, sans honte, je rentrais dans un bar, me frayais un passage au milieu des clients, feignant de rejoindre un groupe d'amis, et je dérobais prestement un bout de pain laissé sur une assiette. Je sortais en fredonnant « Le voleur de pain a encore frappé… »

Les jours où je n'en pouvais plus, j'en étais réduit à ce qui m'était le plus difficile : ressortir mes pièces de monnaie française que les banques, bien sûr, n'acceptaient pas, et partir sur la plaza Mayor pour tenter de les échanger contre des pesetas avec les touristes français. Personne ne voulait de mes pièces. Ils m'écoutaient, souriaient, puis me tournaient le dos. J'avais alors envie de les bourrer de coups de poing. Découragé, excédé, j'allais au musée du Prado, imaginant, vainement, que la fréquentation des œuvres d'art rendrait mes compatriotes moins égoïstes et stupides que celle des *tablados* flamencos. Je tendais mes pièces humides en expliquant :

— Pouvez-vous me donner des pesetas en échange de ces francs ?

Ils regardaient les pièces, fuyaient mon regard, méfiants comme si je cherchais à les tromper et à les voler. Ces mauvais moments me faisaient oublier ma faim, mais ma colère et ma révolte se transformaient souvent en une tristesse que je craignais plus que tout. Il ne me restait plus qu'à me gorger d'eau, et à me promener à travers les rues, dans l'espoir de rencontrer quelqu'un qui m'inviterait peut-être à manger. Enfin, j'allais me coucher. Parfois je restais sur place et je passais la nuit dissimulé dans de grands buissons ronds au milieu des pelouses, devant l'entrée du musée. La nuit, les choses allaient toujours mieux pour moi. Car avec les lumières, il me semblait que je partageais quelque chose d'amical avec la foule. Nous étions, pensais-je, les figurants d'un grand et curieux spectacle. L'absurdité de mes réflexions et de ma vie me faisait alors rire de moi-même, et cela me faisait du bien. Je savais, en même temps, que cette situation ne pouvait pas durer.

Elle changea, d'abord, lorsque j'appris que l'on pouvait donner son sang dans certains hôpitaux, et être très bien payé.

Les donneurs ne manquaient pas, et la file était longue. On pénétrait dans une pièce blanche où l'on était mesuré et pesé. Il suffisait alors de correspondre au rapport taille/poids requis pour être admis. Le prélèvement fait, on me remettait deux tickets. Avec l'un, j'allais m'asseoir dans une charmante petite salle aux tables fleuries où l'on m'apportait un magnifique goûter ! Avec l'autre, j'allais jusqu'au guichet encaisser six cents pesetas. Lorsqu'il manquait à quelqu'un un peu de poids, il lui suffisait de revenir le lendemain après s'être rempli d'eau.

Six cents pesetas, c'était beaucoup. C'était six cents petits pains, ou soixante repas dans un restaurant que nous avions découvert dans une ruelle derrière l'avenue José Antonio. Dans la vitrine était exposée une série d'articles de journaux vantant « le restaurant le meilleur marché du monde ». Pour neuf pesetas, nous pouvions manger deux plats et un fruit. C'était bien sûr le rendez-vous de tous les fauchés, les calamiteux, mais contrairement à ce que j'avais craint, il n'y avait ni honte ni gêne, et la salle résonnait du même brouhaha joyeux que dans les autres établissements. Rien sur les tables, surtout pas les petites fioles d'huile et de vinaigre que nous nous serions empressés de vider dans la soupe pour la rendre plus nutritive. Une seule tranche de pain par personne, mais quel délice de se jeter sur une assiette pleine à ras bord d'une brûlante soupe aux haricots, ou de découvrir dans le ragoût de pommes de terre une pépite de viande graisseuse. Les six cents pesetas de la vente de sang, c'était beaucoup de repas, mais en réalité nous commencions toujours nos dépenses par quelques folies : un verre de vermouth et une grande ration de calamars au soleil d'une terrasse de la plaza Mayor ou, carrément, une assiette de *jamón serrano*. Dans les pensions de famille, la douche était à ajouter au prix de la chambre. Elle était quelquefois froide, et son temps contrôlé. Les bains publics, par contre, plaza de Oriente, étaient un délice. Le jet était très puissant, l'eau brûlante, nous sortions de là avec une forme extraordinaire, et le sentiment que la vie était très belle. En remontant la calle del Arenal, vers la Puerta del Sol, nous nous arrêtions souvent chez les bouquinistes. C'est là que j'ai un jour acheté un livre de poche en français, à la couverture vert clair, et au prix ridiculement bas. Les œuvres complètes d'un auteur que je ne connaissais pas, Arthur Rimbaud. À lire et relire ses textes, j'éprouvais une véritable exaltation, et je finis par penser à l'auteur comme s'il s'était agi d'un ami, d'un complice.

Bernard, tout comme moi, n'avait pas de contrat, et nous étions désœuvrés. Nous nous lançâmes tous les deux dans une véritable boulimie de lectures. Sartre, Camus, Genet, Edgar Poë, Baudelaire, Lautréamont, les surréalistes… Nous échafaudions de fumeuses théories où nous mêlions littérature, philosophie, politique et tauromachie. Nous nous parlions dans un mélange de français et d'espagnol auquel nous ajoutions le vocabulaire très particulier du monde des toros. Le matin, au bar, Bernard meuglait entre deux gorgées de café au lait pendant que je me promettais de traverser tout le parc du Retiro en jouant d'un tambour imaginaire. Nous nous étions fabriqué plusieurs personnages, que nous interprétions au gré des circonstances et de nos états d'âme. Agents secrets, nous suivions quelques passants louches et ne parlions que par talkies-walkies imaginaires. Lecteurs de *Toros,* chercheurs, explorateurs ou cosmonautes, tous nos personnages avaient un point commun : ils étaient tellement pris dans leur folie et dans leur passion, tellement englués dans leur univers, qu'ils étaient en réalité complètement en dehors du monde, et cela nous faisait rire. Opportune psychothérapie en quelque sorte. Parce qu'un jour nous avions rencontré les toros, et que notre désir de les affronter n'était pas apparu très normal, nous n'avions eu d'autre choix, pour ne rien changer à nos rêves, que de foncer aveuglément vers une sorte d'amour irraisonné de l'anormal, une logique dans l'absurde que nous nous efforcions de maintenir, car nous sentions confusément que là était notre seule arme contre le découragement. Je chantais à pleine voix *Tombe la neige,* le succès du moment, alors que nous ruisselions de sueur en plein mois d'août. Bernard alignait trois livres et faisait mine de les lire en même temps, sautant de l'un à l'autre, le doigt pointé pour ne pas perdre l'alignement. Nous allions au musée d'Art moderne, nous fréquentions des gens étranges qui n'avaient rien à voir avec les toros. Des originaux, tel que ce Julio Viera, et ses conférences chantées et sifflées. Parfois, très rarement, l'un de nous partait toréer, et l'autre ressentait alors une grande jalousie. Mais l'essentiel de notre vie consistait à trouver des combines pour durer, pour rester encore en Espagne, pour, surtout, ne pas retourner vaincus en France ! Ne plus entendre : « Il faut du sang espagnol dans les veines pour devenir torero ! »

Un jour, nous eûmes le culot de faire des dessins à la craie sur le trottoir. C'est à Salamanque, dans une ruelle derrière la plaza Mayor, que j'avais découvert lors de mon premier séjour solitaire en Espagne cette technique qui allait un temps nous rapporter quelque argent. J'avais aperçu un attroupement autour d'un type à quatre pattes sur le trottoir, en train de colorier avec des craies un portrait déjà esquissé sur le sol. Il traçait en zigzag sa couleur puis, du bout des doigts, comme avec un pinceau, étalait la poudre de craie, et les couleurs se fondaient, se mariaient harmonieusement en un tableau que j'avais trouvé magnifique. Les badauds fascinés jetaient de bon cœur des poignées de petite monnaie dans une boîte en carton. La mode de dessiner sur les trottoirs n'était pas encore répandue en Espagne, et le succès était considérable. Christian, c'était le nom de l'artiste, était Français. Généreux, aventurier, bohème, il m'avait expliqué qu'il pouvait ainsi voyager et vivre sans trop de problèmes… Nous nous décidâmes à l'imiter et à investir dans l'achat de craies et de cartes postales qui nous serviraient de modèles. Notre premier essai, à deux pas du Palais Royal, fut un échec total. Nous avions décidé de reproduire, car le tableau nous paraissait très simple, la *Jeune fille au chat,* de Matisse. Une journée de travail acharné ne nous avait rapporté que quatorze pesetas. Nous fîmes le point : mauvais quartier, mauvais choix du sujet, mauvais public et, surtout, mauvais peintres. Cependant notre deuxième essai fut un succès. Un quartier populaire, *La Vierge Marie* du Greco, dessinée devant une église, non sans avoir auparavant demandé l'autorisation au curé. Nous commencions par tracer à la perfection un grand rectangle, puis à esquisser le grand châle bleu, puis la forme du visage, en laissant bien en évidence la carte postale, témoin et preuve de la finalité de notre entreprise. Nous gardions bien sûr pour la fin le plus difficile : les traits du visage.

L'absence d'interdiction et l'autorisation formelle du curé nous ôtait toute crainte de la garde civile. Quant au texte que nous écrivions au bas de notre œuvre, il expliquait modestement que nous souhaitions, en peignant, gagner de quoi manger et continuer notre visite de l'Espagne. Les pesetas s'accumulaient. Une vieille dame laissa un jour tomber à mes pieds un paquet, je le ramassai, et me précipitai pour le lui rendre.

— *¡ No, No ! ¡ Es para tí !* C'est pour toi !

C'était un sandwich au jambon et un fruit. Merveilleux habitants d'Embajadores, qui plusieurs jours après notre passage, faisaient encore un écart pour ne pas marcher sur notre pauvre vierge inachevée.

Parfois, bien coiffés, rasés, correctement vêtus, nous pouvions assister à des cocktails et à des vernissages, des conférences de presse, manger et boire dans des salons feutrés et superbement éclairés. Nous sortions de ces lieux enchanteurs en nous vouvoyant, vitupérant contre nos chauffeurs qui s'occupaient si mal de nos limousines. Nous nous séparions en nous donnant rendez-vous à New York ou à Tokyo pour une prochaine vente aux enchères qu'il ne fallait manquer à aucun prix. Nous mangions à notre faim, nous trouvions dans nos lectures un écho amical à notre bohème, mais il fallait se rendre à l'évidence : nous n'étions pas venus en Espagne pour cela, et cette vie, plaisante un moment, ne me convenait pas. Au fond de moi, j'en avais même honte… Il y avait certainement des écrivains, des musiciens, des peintres, qui vivaient aussi mal que nous. Du moins eux, en attendant des jours meilleurs, jouissaient d'une certaine liberté dans la création. Mais nous ! Comment oublier le visage de celui qui, à l'entraînement, tient à bout de bras une paire de cornes ? Comment imaginer vraiment le toro ? Comment surtout fabriquer la peur, le danger ? Comment savoir, sans la présence du toro, jusqu'où nous serions capables de pousser encore cette folie qui nous avait conduits dans cette drôle de vie ?

Nous étions là, comme des vagabonds, sans projet, sans espoir du côté des toros. Contraints de gaspiller notre temps dans le seul but de prolonger une attente sans horizon. Je sentais intuitivement qu'il y avait quelque chose qui sonnait faux, une confusion, une perversion à comparer la dureté de mon combat quotidien avec celui qui m'opposerait peut-être un jour au toro. J'en étais sûr, affronter le toro était bien plus difficile, bien plus dangereux. C'était sur ce terrain-là pourtant, celui du toro, que je devais définitivement me trouver ou me perdre. Et nulle part ailleurs.

Il restait, bien sûr, les *capeas* de village. C'était le rendez-vous de ceux qui voulaient vraiment affronter le toro. Là, il ne s'agissait plus de gagner sa croûte en étant malin, culotté ou habile. Il s'agissait de prouver, de me prouver que l'argent, celui du strict nécessaire pour vivre, j'étais capable d'aller le chercher entre les cornes. Souvent, d'ailleurs, il n'y avait qu'un seul toro, le village n'ayant pas les moyens d'en acheter plusieurs.

Pas question alors de le toréer et de le tuer en vingt minutes, comme dans les courses sérieuses : le toro devait durer. On le faisait d'abord courir dans les rues du village, puis il entrait en piste pour une heure ou plus, passait par le toril, le temps pour le public d'un entracte casse-croûte, avant d'être à nouveau relâché dans l'arène. Si bien qu'au terme d'une journée, l'animal en connaissait bien plus sur les secrets de la tauromachie que tout le savoir accumulé par les gamins chargés de l'affronter. Rien ne distinguait les toreros des autres jeunes gens qui envahissaient la piste, mais il suffisait d'être vu une seconde avec une cape dans la main pour être reconnu torero. Certains nouaient sur leur ventre les pans de leur chemise et se démarquaient ainsi des autres. En réalité, un observateur attentif aurait pu, bien avant, reconnaître les toreros dans cette foule joyeuse au sérieux, à l'air préoccupé, à la dureté du regard – aux marques de la peur.

L'arène n'était le plus souvent qu'un cercle ou un rectangle de charrettes étroitement collées les unes aux autres sur la place du village avec, en son centre quelquefois, la fontaine publique où s'entassaient, les pieds dans l'eau, des groupes de jeunes gens braillards. Dès que le toro entrait dans la piste, ils couraient en tous sens pour se mettre à l'abri, s'accrochaient aux roues et aux ridelles. Les autorités, les femmes, les vieux, étaient depuis longtemps confortablement installés sur leurs chaises disposées en rangs sur les charrettes. Les jeunes filles formaient souvent un seul groupe. Elles chantaient, tapaient dans leurs mains, conscientes d'être regardées, admirées, heureuses à l'idée que tous les garçons n'étaient en piste que pour les séduire ou se faire remarquer d'elles.

Ces spectacles étaient dangereux. Le public pouvait passer très rapidement de l'enthousiasme à la colère, des jets de fleurs aux jets de pierres… Le brouhaha était assourdissant. Une fois entré dans l'arène, il était quasiment impossible au torero d'en ressortir, car qu'il ait plu ou déplu, le public veillait à ne pas laisser s'enfuir son héros ou son souffre-douleur. C'était un spectacle joyeux et cruel, complètement improvisé, où tout pouvait arriver. Mêlés aux petits toreros, les jeunes du village, les plus cruels avec nous, se déplaçaient n'importe comment dans la piste. Parfois éméchés, inconscients du danger, ils étaient souvent surpris, poursuivis, rattrapés dans leur course maladroite, projetés en l'air ou roulés au sol, quelquefois sérieusement blessés. Nous assistâmes à l'épouvantable spectacle d'un jeune homme, incapable de grimper sur une charrette pour s'y mettre à l'abri, que le toro empala sur place malgré les efforts du malheureux qui s'accrochait de toutes ses forces aux ridelles de bois. Le toro l'arracha, le promena un instant au bout de la corne avant de le projeter au sol et de l'abandonner comme un tas informe… On emporta le blessé qu'on déposa sur le billard du bistrot enveloppé dans une de mes capes. Quand je l'ai retrouvée plus tard, elle était tellement ensanglantée que je n'ai pas eu le courage de la récupérer.

Dans un autre village, on avait posé contre le mur de l'église, qui délimitait une partie de la piste, deux poteaux télégraphiques sur lesquels étaient cloués plusieurs étages de planches, comme autant de barreaux d'une échelle géante, où s'étaient assises quelques dizaines de personnes. Dès son entrée, le toro, fort et agressif, réussit d'un coup de tête à soulever l'échelle, précipitant au sol une grappe de spectateurs affolés. Je courus pour leur venir en aide mais le toro, se retournant contre moi, me poursuivit, la corne dans les reins, sur toute la longueur de la piste, au milieu des hurlements. Dans un bond désespéré, j'atterris à l'intérieur d'une charrette remplie d'un groupe de vieilles dames, dont quelques-unes tombèrent de leur chaise en poussant de grands cris.

Ce genre d'incident enthousiasmait le public qui riait, applaudissait, commentait longuement ce qui resterait dans les mémoires comme les grands moments de la fête. Il fallait alors rapidement prendre à deux une cape et la tendre, pour que les spectateurs, encore sous le coup de l'émotion, y lancent des pièces de monnaie. Quelques privilégiés, dont les fenêtres ou le balcon donnaient sur la piste, faisaient parfois descendre un panier accroché à une corde, et les toreros que le public avait appréciés pouvaient se servir copieusement : fromage, jambon, pain, et vin frais dans la gourde de cuir. La bouche pleine, les triomphateurs saluaient de la main les généreux donateurs, sous le regard envieux de leurs camarades moins chanceux.

Je faisais équipe avec un jeune Mexicain, José. Comme moi, il banderillait. Nous étions très habiles. Dès que l'un posait une paire de banderilles, l'autre, déjà en pleine course, ne laissait pas le temps au toro de se repérer, et clouait immédiatement une seconde paire. Quatre banderilles en quelques secondes, Pepe et moi tombions dans les bras l'un de l'autre, le public ravi nous applaudissait, et jetait de bon cœur une grêle de pièces dans la cape que nous lui tendions.

— Attrape, Morenito ! Cinq duros !

José, c'était « Le Petit Brun », car il était très bronzé. Moi, j'étais « Le Rouge », car je portais toujours une chemise de cette couleur.

De retour à Madrid, après ces expéditions, c'était une joie formidable de poser sur la table d'un restaurant des poignées de pesetas, et de lancer fièrement au garçon :

— Ce que vous avez de meilleur !

Parfois, je repensais à ce village où des jeunes gens menaçants m'avaient arraché l'épée des mains, puis, du haut d'une charrette, s'en étaient servi pour essayer de blesser le toro. Dans un autre *pueblo*, j'avais vu, trop tard pour pouvoir l'empêcher, un groupe de gamins et aussi d'adultes, agglutinés contre le toril, qui profitaient de l'entracte pour planter puis arracher, chacun à son tour, une banderille sur le dos ensanglanté de l'animal captif.

Aucun torero n'aurait jamais pu faire de telles saloperies. Dans les vraies corridas, ce n'est que parce que l'homme accepte loyalement le danger du toro que peut surgir une émotion complexe, capable de mener acteurs et spectateurs, au-delà de la dureté réelle du spectacle, vers un éventail d'émotions, d'interrogations qui n'ont échappé qu'à peu d'artistes. Si les toreros ont inventé des règles pour affronter les toros, tout comme les hommes en ont inventé d'autres pour vivre ensemble, c'est que sans elles, nul n'est à l'abri du réflexe barbare. La corrida, tel un condensé de la vie, nous parle de nous-mêmes, de l'horreur et de la splendeur qui se cachent au fond de nous et qu'elle met au grand jour.

Ces *capeas* étaient un saisissant retour à ce que la tauromachie avait dû être avant que les hommes ne décident d'en faire un métier, un spectacle. C'était aussi une tradition. Mais une tradition de la cruauté, appliquée à l'homme et au toro, comme divertissement. Une façon de s'oublier un instant dans la tragédie, le triomphe ou l'échec des autres, à travers un combat aussi dur et impitoyable que celui de la vie des villages où elles se déroulaient. Et les banderilles que les gamins plantaient sur le dos d'un toro incapable de se défendre, n'étaient que l'équivalent des pierres qu'ils jetaient certainement à l'idiot du village. Décidément, rien n'était simple. Mais je n'étais pas longtemps tourmenté par mes réflexions. Quelques jours sans toros, sans argent, et rien ne me parlait aussi fort et juste que le gargouillis de mon estomac.

◆

Christian a douze ans lorsqu'il rencontre Lucien Orlewski, Chinito, d'un an son aîné. C'est le début d'une amitié qui mènera les deux gamins jusqu'aux portes de la tauromachie professionnelle. Les *novilleros* français, Jacques Brunet-Jaquito, Frédéric Pascal, Robert Pilès, Simon Casas ou moi-même avons tous alors une vingtaine d'années, et naturellement ni Christian ni Lucien ne se sentent très à l'aise dans cette équipe de vieux. Christian est timide, Lucien parle peu, mais ils ont les mêmes rêves, une même passion qu'ils vont vivre désormais ensemble, intensément, avec un mélange de sérieux et d'ingénuité que je découvrirai peu à peu, lorsque, entre deux voyages en Espagne, ils me raconteront leurs premières aventures. Ils sont inséparables. Un baluchon accroché à l'épaule, une lourde barre de fer à la main, ils ne se lassent pas de parcourir en d'interminables randonnées la garrigue nîmoise. Ils marchent, courent, escaladent, font des exercices, avant de déplier cape et muleta et de commencer à toréer dans quelque clairière isolée. Alternativement, chacun se fait toro, puis torero. Leur entraînement est dur, mais ils trouvent du plaisir dans ces efforts qui les endurcissent et les préparent à ce qui leur plaît plus que tout au monde : toréer.

Ils deviennent clients de la droguerie de monsieur Pelatan, Artillero, le critique taurin du *Midi-Libre*, chez qui ils achètent la teinture rouge dans laquelle ils font tremper les draps de lit volés à la maison qu'ils taillent ensuite puis cousent en forme de muleta. Ils s'approvisionnent ensuite en cristaux de gomme arabique qu'ils savent patiemment faire fondre dans une casserole d'eau bouillante. La vieille cape, molle et rapiécée, étalée en éventail sur le sol, repassée du plat de la main pour en faire disparaître le moindre pli, est alors badigeonnée au pinceau avec le liquide poisseux. En séchant au soleil, l'étoffe devient rigide, cartonnée, et lorsqu'ils la soulèvent pour esquisser une première passe, ils s'exclament :

— Elle torée toute seule !...

Avec les branches bien droites ramenées de la garrigue, débarrassées de leur écorce et marquées à leurs initiales avec un clou chauffé à blanc, ils fabriquent des épées et des *palos*. Ils ont aussi une provision d'aiguilles, de fil – jaune et rose pour repriser la cape, rouge pour la muleta –, et de la guidoline écarlate pour recouvrir le pommeau des épées. La tauromachie de Christian et de Chinito commence par une interminable série de travaux pratiques.

Toutes leurs pensées vont au toro. Celui qu'ils imaginent, celui dont ils observent le combat dans l'arène, celui qu'ils imitent jusque dans son souffle lorsque, tenant à bout de bras une paire de cornes, ils chargent de toutes leurs petites jambes sur la cape ou la muleta agitée devant eux.

Les occasions de mesurer à la réalité leur tauromachie imaginaire ne manquent pas. Dès le printemps, tous les élevages, en Camargue, reçoivent les aficionados des clubs taurins pour des journées champêtres qui commencent toujours par la ferrade de quelques *anoubles,* et finissent par le lâcher, dans le bouvau, de plusieurs vachettes et toros emboulés. Pour Lucien et Christian, la ferrade n'est pas un spectacle auquel ils assistent passivement. Couchés dans l'herbe, cachés derrière les rares buissons de joncs ou de tamarins, ils attendent le cœur battant l'arrivée au trot des cavaliers qui entourent le jeune toro et le conduisent vers le feu de bois où rougissent les fers. Ils sont impatients de se lever d'un bond et de courir jusque entre les pattes des chevaux pour saisir l'animal une corne dans chaque main et tenter de l'immobiliser avant que les autres amateurs ne l'attrapent à leur tour, le couchent au sol et l'y maintiennent pendant qu'on applique sur sa cuisse la marque de la manade. Dans un grésillement de poils brûlés s'élève, avec le mugissement sourd du taurillon, une fumée blanche dont l'odeur âcre imprègne les vêtements. Avant qu'on ne libère le petit toro, Christian et Lucien s'éloignent pour se placer entre lui et le troupeau qu'il s'empressera de rejoindre dans une dernière charge furieuse que les gamins ravis éviteront d'un écart ou d'un saut. Pour eux, la ferrade est une sorte de concours pour être le premier à attraper l'animal qui parfois, lorsqu'il est fort, entraîne le gamin accroché à ses cornes. Toucher le petit toro, l'attraper, lutter corps à corps avec lui, sentir son souffle tiède et son odeur, serrer ses cornes de toutes ses forces, puis le relâcher dès que les autres viennent à la rescousse : seul compte ce face-à-face, ce force-à-force, qui cesse d'être exaltant dès que la lutte devient inégale.

Ainsi, bientôt rejoints par Andaluz, Dominique et d'autres gamins de leur âge, Christian et Chinito, hors du circuit professionnel, vivent une succession d'aventures que mon frère gardera dans sa mémoire comme le temps d'une sorte de tauromachie idéale, fraternelle et joyeuse.

— Nous étions toujours ensemble, disait Christian. Je mangeais chez Lucien, il dormait chez moi. Nous étions souvent habillés pareil, j'avais les yeux bridés et les gens croyaient que nous étions frères... ça me faisait plaisir.

Pendant l'été, la succession de fêtes votives leur permet de toréer plusieurs fois par semaine. Arrivés en auto-stop, en vélo, parfois dans la voiture de quelque ami aficionado, il leur suffit de se laisser guider par la musique criarde, toujours la même, de quelque paso doble, pour trouver le chemin des arènes du village...

La vachette, avec ses emboulages en cuivre ou en aluminium vissés sur les cornes, galope en tous sens, saute souvent par-dessus la barricade. Ils se précipitent alors à droite et à gauche de la porte qui la ramènera en piste pour que l'un d'eux puisse à coup sûr s'immobiliser une seconde, le temps d'une passe rapide, puis courir derrière elle en criant dans l'espoir qu'elle se retourne. Parfois, lassée de sauter, de sillonner la piste, tantôt en chargeant, tantôt en fuyant, la vachette s'arrête, le mufle au sol, et gratte le sable de ses sabots noirs. C'est le moment de s'approcher, droits comme les toreros, et de la provoquer pour l'entraîner dans une succession de charges, une série de passes dont ils ressortent essoufflés – dans l'émotion on en arrive à oublier de respirer – déçus aussi, car la vachette, « leur » vachette les abandonne pour se lancer à la poursuite d'un razeteur. Ils redécouvrent alors la piste, le public, le monde oublié, effacé un instant dans l'exaltation d'une brève et vertigineuse intimité.

Leur désir de toréer dans de meilleures conditions nous donne l'idée d'écrire aux mairies, aux clubs taurins des villages pour leur proposer d'inclure une *capea* au programme de leurs fêtes. À notre grande surprise plusieurs réponses favorables nous parviennent. Il nous faut dès lors nous organiser, prévoir tous les changements qu'exige leur sortie de l'anonymat, et les hisser à la hauteur du petit spectacle pour lequel leurs noms, Chinito et Christian, sont désormais imprimés sur des affiches.

Ce sera d'abord une tenue correcte. Un pantalon de velours noir, une simple chemise blanche et un jeu de ceintures rouges ou vertes. Un seul sombrero, trop grand, ne servira qu'à saluer le public ou la présidence.

Le plaisir qu'ils ont à toréer séduit immédiatement. Il faut dire qu'ils sont épatants, courageux, sympathiques, qu'ils rivalisent d'audace dans un répertoire étonnant pour des gosses si jeunes. Il n'y a pas de mise à mort, bien sûr, mais lorsque le toro regagne le toril et que la présidence annonce l'octroi d'oreilles symboliques, ce sont de véritables oreilles longuement séchées sous d'épaisses couches de sel qu'ils montrent au public surpris et ravi par leur étonnante trouvaille… Rares sont les villages d'où ils ne repartent pas avec de nouvelles promesses d'engagement…

En les regardant recoudre les capes et les muletas – que je leur ai données – lacérées par les cornes pointues des petits toros, je me prends à rêver avec eux à d'autres aventures…

En juillet 1969, alors que le monde entier attend les premiers pas de l'homme sur la lune, les deux gamins ne se lassent pas d'aller, par la route du Vaccarès, jusqu'à l'élevage de monsieur Pourquier. Assis derrière leur canne à pêche, ils surveillent bien plus le troupeau, de l'autre côté de la *roubine,* que les bouchons de leurs lignes filant dans l'eau trouble. Ils cherchent les deux *novillos,* déjà choisis, qu'ils devront toréer et tuer pour la première fois, le 19 juillet à Saint-Gilles.

Les toros sont éparpillés dans un champ au milieu duquel s'élève une vieille bâtisse de pierre à moitié effondrée dont ils sont les seuls habitants. Ils frottent leur cou à l'angle des murs, s'éloignent en broutant pour revenir vers l'ombre des pierres, sans un regard pour les jeunes pêcheurs.

— Ce sont eux, regardez comme ils sont beaux !

— Un peu petits ?

— Non, non, vous les voyez de trop loin, ils sont très bien pour vous !

Le 19 juillet, Christian et Lucien ont déposé tout leur équipement dans l'arrière-salle d'un café où ils s'habilleront pour la course. Puis ils sont allés à pied jusqu'aux arènes, revoir une dernière fois, avant de les affronter, les deux toros. Ils grimpent contre le toril et sont suffoqués. Vus d'aussi près, ils ne les reconnaissent pas, ils les trouvent énormes.

— Nous sommes sortis, et nous nous sommes assis sur une murette de pierres, au soleil, complètement abattus, raconte Christian.

Quelques heures plus tard, je regarde ému les deux gamins disparaître par la grande porte des arènes, portés sur les épaules des spectateurs. Ils ont triomphé. Christian m'avouera avoir eu de la peine en voyant le *novillo* tomber mort à ses pieds. Je le revois encore, levant vers les gradins les deux oreilles, avec dans le regard un étonnement qui finira par se transformer, lors du tour de piste, en un sourire radieux dont le souvenir, aujourd'hui, me glace le cœur. À la fin de l'année, aux côtés de Lucien, Pascal, Jaquito et El Andaluz, Christian fera pour la première fois le *paseo* à Nîmes devant des gradins déserts. Il coupera l'oreille d'un gros et *astifino novillo* de Fernay. La première oreille, le premier succès d'une longue série qui s'échelonnera sur vingt ans et s'achèvera un dimanche de Pentecôte 1989 – quatre mois avant le tragique rendez-vous d'Arles – quand il releva le défi que le destin avait mis sur sa route : six grands toros de Guardiola, tout le mistral de la terre, et l'incroyable bonheur de sentir vingt mille personnes communier avec lui dans cette épreuve terrible et superbe.

Par la fenêtre, je regarde les grands alisiers de nouveau verts, devant les arènes. C'est le printemps. Sans Christian. Je le revois tout petit, courant au sommet de l'amphithéâtre… Je le revois encore, avec son costume blanc et or, porté par toute une foule qui l'aime. Et je reste là, le stylo à la main, et je sens monter en moi un désir de violence. Je suis assis à gribouiller des feuilles de papier, dérisoire façon de calmer un instant cette douleur qui me serre l'estomac. Tout dans cet appartement me rappelle Christian : les photos, les affiches, ce fauteuil où il avait l'habitude de s'asseoir. Chaque objet est une histoire qui me ronge. Je creuse mes épaules, je serre les dents, je serre les poings. Je suis toujours là, devant cette fenêtre, à regarder encore et encore le vol des hirondelles sur les arènes éternelles. Je finirai bien par me laisser prendre par un autre souvenir…

Pendant des années, Christian et Chinito vont toréer ensemble. Pas question de favoriser l'un par rapport à l'autre. Ils sont forts, et rien ne semble pouvoir troubler leur amitié. Je ne vois pas venir les admirateurs, ceux qui arrivent toujours avec le succès, qui ne s'intéressent pas à l'homme et n'aiment que l'enveloppe brillante de son costume. Ce sont eux qui ont expliqué à Chinito que la route du succès est bien trop étroite pour la suivre longtemps à deux. Comment ne pas succomber aux louanges, comment voir un danger dans les sourires et les discours si gratifiants ? En 1972, la *pareja* Christian-Chinito s'achève tristement, dans une sorte de ridicule duel où le toro n'a plus sa place naturelle de lien et d'arbitre. Christian, déçu, ne supporte pas cette tauromachie faite de clans, de jalousies, de mesquineries dont tous souffrent, mais qui finit par s'imposer comme une sorte de stupide nécessité. Isolés par la certitude qu'il faut absolument être le plus malin, le plus habile, le plus agressif pour réussir, convaincus que seuls les plus forts gagnent, les toreros français se trompent d'adversaires. Ils se querellent. Ils oublient qu'au bout du compte, et dans tous les cas de figure, c'est les toros qui font la différence. Christian n'est pas armé pour remporter le moindre succès au petit jeu de la phrase qui blesse, du coup en douce. Il se tait, encaisse, découvre une tauromachie décevante et triste. Il doute au point de songer, un temps, à tout laisser tomber.

En 1972, pendant la Féria de Pâques, en Arles, Christian et Jean-Marie Bourret se rendent à Fontvieille, pour la traditionnelle *tienta* des vaches de François André. Ils ne sont pas au programme. Mais ils ont la promesse de pouvoir donner quelques passes, dès que les autres toreros auront terminé leur travail. En piste aucun des toreros, qu'ils connaissent pourtant tous très bien, ne leur permet de s'approcher des vaches. Tous vont toréer longuement, puis feront rentrer leur vachette au toril, sourds aux demandes renouvelées de Christian et de Jean-Marie. Écœurés, révoltés, soutenus par une grande colère, ils se rendent à pied jusqu'en Arles. Devant les arènes, ils rencontrent Curro Caro, Marc-Antoine Romero, Patrick Laugier, à qui ils racontent leur déception. Peu après, je croise Christian, et je lui demande s'il a de l'argent pour assister à la corrida de l'après-midi. Un *cartel* magnifique : Palomo Linares, Paquirri et José Marí Manzanares.

— Ce n'est pas la peine, me dit-il, j'en ai marre, je rentre à Nîmes.

C'est debout, dans les arènes combles, en haut des amphithéâtres, que je vais assister à la corrida. Soudain, je suis frappé de stupeur. Il me faut quelques secondes pour me convaincre que ce gamin, en bas, qui zigzague entre les banderilleros et se dirige crânement devant le toro de Palomo Linares, c'est mon frère. Je mesure avec effroi sa détermination. La foule hurle à chaque passe. Quelqu'un me tape dans le dos en répétant :

— C'est Christian, c'est ton frère !...

Lorsqu'on l'attrape enfin, je suis rassuré. Il a eu bien raison de me mentir le matin même. Jamais je ne lui aurais permis d'aller ainsi se mesurer avec ce grand toro d'Atanasio Fernández.

Plus tard, il m'expliquera qu'avec les toreros arlésiens il s'était introduit dans les arènes bien avant le début de la course. Ils étaient passés par des souterrains, après avoir descellé les barreaux, puis avaient attendu longuement, cachés à quelques mètres du *callejón*, le moment propice pour apparaître en piste. La stratégie était simple : ils devaient tous ensemble se précipiter dans le *callejón* pour attirer l'attention de ceux qui ne manqueraient pas d'essayer de les arrêter. Christian profiterait de la confusion générale pour sauter en piste et courir jusque devant le toro. Il m'expliqua leur angoisse, tapis dans le noir, écoutant les hurlements de la foule, riant nerveusement lorsque certains affirmèrent que les souterrains grouillaient de rats… Ils se demandaient à quel toro intervenir. Ils étaient inquiets à l'idée que le public pourrait se retourner contre eux et conscients aussi que leur geste n'avait rien d'amical pour le torero auquel ils allaient ainsi voler le toro.

Plusieurs années après, Christian était encore ému par l'aide immédiate des toreros arlésiens, impressionné par le courage de Curro Caro qui l'avait vigoureusement défendu contre les CRS et les employés des arènes qui l'entraînaient sans ménagement dans les couloirs.

— Laissez-le ! Il veut être torero ! Rendez-lui sa muleta ! Vous n'avez pas honte, il veut être torero !…

Après interrogatoire, ils furent expulsés des arènes où ils pénétrèrent à nouveau, cette fois-ci en passant par-dessus les grilles, pour assister à la fin de la corrida.

Rejeté le matin à Fontvieille, aidé et défendu l'après-midi en Arles, Christian venait de vivre en une seule journée, sans bien le comprendre encore, ce qu'il allait rencontrer tout au long de sa vie de torero : l'égoïsme et la générosité. Égoïstes ou généreux, tous pouvaient prétendre à devenir toreros. Mais il y avait une leçon à tirer. La façon d'y parvenir importait autant ou plus que le but à atteindre. Insignifiante dans l'action, elle apportait pourtant le supplément d'âme, la seule chose qui reste, lorsque les années ont passé, et qui est l'essence même d'une passion.

Quant à moi, je venais de comprendre que rien ni personne n'empêcherait Christian de tout faire pour aller jusqu'au bout de son rêve, son geste me le prouvait. Mon expérience, mes échecs, mes connaissances, je décidai de les mettre entièrement au service de ce gamin fort et fragile. Je lui éviterais ainsi les pièges dans lesquels j'étais moi-même tombé. Je n'allais pas le ménager, car j'avais toujours l'espoir que cette passion qui l'animait, et dont j'étais secrètement si fier, cesserait peut-être bientôt de prendre la forme, comme ce jour-là, d'une véritable folie. Il finirait peut-être, pensais-je, par se décourager devant les terribles difficultés du métier. On allait bien voir s'il voulait sérieusement devenir torero. Je lui montrerais à quel point le *mundillo* professionnel était bien plus cruel encore qu'il ne pouvait l'imaginer. Je ne lui épargnerais rien.

Pierre Pouly, le directeur des arènes d'Arles, était furieux. Il avait déclaré que Christian était un voyou, venu en Arles pour saboter sa corrida. Son discours allait me donner l'occasion de mettre Christian devant une situation extrêmement difficile pour lui :

devoir s'expliquer face-à-face avec l'ancien matador dont tout le milieu professionnel redoutait les coups de gueule.

Tous les samedis matins, en Arles, les gens de toros, les manadiers, les banderilleros, les aficionados, se réunissaient dans deux ou trois cafés sur le boulevard des Lices. Pierre Pouly était assis à une terrasse, entouré d'un bruyant groupe d'amis. Nous l'observions de loin, et je fus un instant tenté d'accompagner Christian, tant je le voyais tourmenté à l'idée de devoir s'approcher et s'expliquer.

— J'y vais, me dit-il d'une petite voix.

L'entrevue fut brève. Christian revint vers moi et se précipita, les yeux embués de larmes, dans les toilettes du bistrot où je le suivis.

— Il s'est moqué de moi devant ses amis ! Il m'a dit que je n'avais rien d'un torero, que j'étais un voyou. Il m'a dit qu'il restait un vieux toro dans les corrals, et que si j'avais des couilles, j'avais qu'à venir le tuer. Ils ont rigolé de moi !

Je le calmai, le félicitai de son courage, puis nous décidâmes d'écrire à Pierre Pouly pour accepter son défi.

Nous avions fixé une date au hasard, et le jour dit, nous prîmes le train à sept heures du matin en gare de Nîmes. Pierre Pouly et sa femme Rosette habitaient alors rue Léon-Blum, pas très loin de la gare d'Arles. Je portais, pliés dans un grand mouchoir, deux capes et deux muletas. Christian avait enveloppé dans du papier d'emballage une épée, un *descabello*, une *puntilla* et deux *palos*. Après un dernier conciliabule, Christian sonna à l'entrée de l'immeuble, puis monta les escaliers. J'entendis une porte s'ouvrir, à l'étage, puis se refermer, et je commençai à fumer cigarette sur cigarette. Christian devait être en train d'expliquer ce que nous avions convenu.

— Voilà, je suis prêt ! Alain nous attend en bas avec le matériel, il m'aidera pour le toro.

La première demi-heure me parut normale. La suivante m'inquiéta franchement. J'étais impatient, nerveux. Cette histoire me paraissait stupide. J'espérais, maintenant, que Pierre Pouly n'oserait pas aller jusqu'au bout, c'était bien trop dangereux. Oui, mais dans ce cas il aurait déjà dû mettre Christian à la porte... Toute la semaine, nous avions préparé le matériel, aiguisé comme des rasoirs les lames des épées. Nous ne parlions que de ce rendez-vous, de ce toro. Christian était déterminé, et exalté.

— Tu vois pas qu'il soit bon, et que je lui fasse une grande *faena* ? disait-il. Et puis ça fait rien ! Même s'il est mauvais, je vais lui monter dessus...

J'essayais de le calmer

— Non, Christian ! Tu vas simplement montrer à Pierre Pouly que tu veux devenir torero, que tu n'es ni un voyou, ni un lâche. Le toro, je l'essayerai d'abord, et puis tu l'estoqueras, le plus vite possible.

Avec le temps qui passait, la certitude que ce qui nous avait conduits jusqu'ici était juste s'effritait. Je commençais à douter, à m'en vouloir d'avoir entraîné mon petit frère dans cette expédition dangereuse. J'imaginais le sol glissant des corrals, l'énorme masse du toro. Des images d'accidents, plus atroces les unes que les autres, me traversaient l'esprit. J'étais tout près de monter jusqu'à l'appartement, lorsque enfin Christian dévala l'escalier, et apparut radieux.

— Alors ?

— Eh bien, Pierre Pouly, c'est un brave type ! On a beaucoup parlé. Il va me rendre ma muleta. Il m'a dit que tu lui téléphones dans quelques jours, parce qu'il va me faire toréer ! Pour le toro, aux corrals, il n'a pas voulu. Il m'avait dit ça pour me faire peur. Il dit qu'il comprend ce que j'ai fait, parce qu'il a été matador, mais que comme impresario des arènes, ça l'a mis très en colère. Je lui ai tout raconté, la *tienta* de Fontvieille, mon envie de toréer, il a compris, et puis on a bu le café...

J'étais fou de joie ! Heureux pour mon frère.

— Tu t'es comporté comme un *tío*, Christian !

Le cœur léger, la tête pleine de projets, nous sommes rentrés à Nîmes dans un wagon inondé de soleil.

Octobre 1972 : Pierre Pouly a tenu ses promesses. Christian a toréé avec succès des *novilladas* sans picador pendant l'été dans les arènes d'Arles. La saison est finie, mais Pierre Pouly décide d'organiser une dernière course, un *mano a mano* entre Christian et Curro Caro dont il est devenu l'*apoderado*. Au gros toro de Galache, que nous avions cru devoir affronter en début d'année dans les corrals, s'ajoute un toro de réserve d'Atanasio Fernández et deux *novillos* de François André. À l'heure du *sorteo,* Pierre Pouly me dit sur un ton badin :

— Bon ! le toro d'Atanasio pour Curro, le Galache pour Christian, et puis vous vous débrouillez comme vous voulez avec les deux autres.

Indigné, je refuse, et j'exige un vrai tirage au sort. Pouly part dans une de ses grandes colères.

— Mais pour qui vous prenez-vous ? Des toreros comme Christian, il y en a plein la place du Forum !

— Très bien ! Alors allez en chercher un, parce que dans ces conditions, Christian ne va pas toréer.

Rosette, la femme de Pierre Pouly, joue à merveille son rôle d'efficace médiatrice et finit par nous calmer. Le *sorteo* se fait, et c'est moi qui tire du chapeau la boulette de papier de cigarette qui porte le numéro du toro de Galache. Rien à faire ! Ce toro est né, décidément, pour rencontrer Christian… Résigné, je vais lui annoncer la mauvaise nouvelle.

— Impeccable ! me dit-il d'une voix enjouée.

Il prend bien les choses ! Moi qui ne serai que son banderillero, je ne cache qu'avec peine mon inquiétude.

Plus tard, dans la piste, je lance ma cape sous le mufle du toro, pour lui faire baisser la tête. Christian le foudroie d'un coup de *descabello* et lorsque l'*alguazil* lui tend une oreille, plus grande que sa main, j'ai complètement oublié que j'ai voulu décourager Christian, et je pense avec fierté que je n'ai pas fini de marcher derrière lui…

◆

Le 17 mai 1975, l'alternative de Simon Casas, dans les arènes de Nîmes, était l'événement de la féria. C'était l'aboutissement d'une lutte acharnée et ininterrompue que je connaissais bien pour l'avoir souvent partagée à ses côtés. Simon allait réaliser ce rêve qui avait douloureusement cessé d'être le mien. Christian, le soir même, se présenterait dans une *novillada* piquée, dont le résultat pèserait lourd dans la suite de son aventure. Cette journée portait autant d'espoirs que de craintes, et je l'abordais avec un curieux sentiment d'inquiétude et de nostalgie, conscient que, de toute façon, ces deux moments de vérité concernaient pleinement ma vie.

Le directeur des arènes, Ferdinand Aymé, n'avait inclus Simon sur l'affiche de la féria que sous la pression d'une pétition des clubs taurins de la ville. Ángel Teruel et Paco Alcalde, parrain et témoin de la cérémonie, étaient alors au sommet de leur gloire, et Simon allait porter l'énorme responsabilité de convaincre toute l'*afición*.

Pour lui, pour Christian à un degré moindre, le pari était difficile, et je n'imaginais que deux issues possibles : le succès, pour le peu que les toros le permettent, ou, s'ils n'avaient pas cette chance, l'impérieuse nécessité de prendre de très gros risques.

Christian s'était entraîné tout l'hiver. Il avait même dû payer la location de quelques mauvaises vaches pour se préparer à cette *novillada* si importante. De l'avis général, il avait bien peu de chances de sortir à son avantage d'une confrontation avec les deux meilleurs *novilleros* du moment face aux *novillos* espagnols auxquels il n'était pas habitué…

J'étais pourtant secrètement confiant, car je gardais dans ma mémoire le souvenir de ses entraînements en Camargue… Avec du bétail déjà toréé, vieux, dangereux et sous la pluie, Christian avait fait preuve d'une grande détermination et d'un courage admirable. Mais ce qui m'avait véritablement impressionné, c'était la joie et le plaisir qu'il avait montrés dans ces conditions qui, logiquement, auraient dû le décourager. Alors que je m'inquiétais de l'état de la piste, Christian se réjouissait d'entraîner la vache, entre les flaques, pour la toréer sans trop patauger dans la boue.

En ce début d'après-midi d'alternative, la foule se pressait déjà autour des arènes alors que nous nous éloignions à pied vers la garrigue. Je voulais éviter à Christian le spectacle de ce pile ou face, plein d'incertitudes et de dangers. Je craignais l'accident, mais aussi les réactions des aficionados, loin de nous être tous acquis.

Nous marchions, en plein soleil, loin maintenant du vacarme de la fête. Le grand silence de la campagne m'emplissait de confiance. De temps en temps, je regardais ma montre, imaginant le déroulement de la corrida… Le *paseo*, la sortie du premier toro, la cérémonie de l'alternative… L'énorme murmure de la foule… Christian, loin devant moi, m'attendait en dessinant du plat de la main de lentes passes dans le vide.

Parfois, il me semblait entendre, porté par le vent, quelques clameurs venues des arènes… Le premier toro était sûrement mort à présent. Bernard était devenu matador de toros…

Christian courait, parfois, jusqu'à disparaître de ma vue, je marchais sans hâte et je le retrouvais au loin, *citant* de son corps frêle un autre toro invisible. Dans cette longue promenade, au fur et à mesure que l'après-midi avançait, je sentais la crainte me gagner. Mes pensées allaient vers les toros du soir, ceux que Christian devrait affronter dans quelques heures. Je l'observais, si jeune, si fragile, si sérieux… J'enviais les matadors de l'après-midi. Pour eux, la corrida allait se terminer, pour nous tout allait commencer, avec la tombée du jour.

J'ai toujours détesté les corridas en nocturne. Avec la fuite du soleil, l'attente devient plus inquiétante, plus oppressante, et le rendez-vous avec la foule et les toros finit par ressembler à un piège, plus redoutable encore dans l'obscurité qui s'installe.

De retour en ville, les personnes que nous rencontrâmes, sortant des arènes, commentaient l'échec de Simon avec une sorte de jubilation que je trouvai détestable. J'imaginai que notre public serait à l'image de ces commentaires, durs, cruels, moqueurs... Pas un mot sur la dimension humaine de cette aventure... Je dissimulai de mon mieux la peur et le pessimisme qui s'emparaient inexorablement de moi... Un seul désir finit par m'habiter, un seul souhait, puis une seule prière: qu'il n'arrive rien à Christian, qu'il ne soit pas blessé.

Dans sa chambre d'hôtel, Christian était impatient d'étrenner le costume de lumières rose et blanc que je disposai sur la chaise. Il avait hâte de s'habiller en torero et de pénétrer dans l'arène, où il avait dû se rêver tout au long de cette journée...

Dans le patio de *cuadrilla*, Christian serrait les mains des aficionados avec un petit hochement de tête respectueux. Lorsqu'il aperçut Esplá et Macandro, il me fit un clin d'œil complice, l'extrême jeunesse des deux *novilleros* vedettes avait de quoi surprendre.

C'étaient donc ces deux gamins, presque des enfants, qui enthousiasmaient l'*afición* espagnole et triomphaient dans les plus grandes arènes?

Lorsque le premier *novillo* de Christian déboula en piste, un grand silence se fit sur les gradins. Il dura tout le temps d'une belle série de véroniques puis se transforma, en même temps que la *rebolera* finale, en une assourdissante ovation. Christian, la tête rentrée dans les épaules, souriait avec une sorte d'étonnement, prélude d'une soirée qui s'acheva avec la sortie en triomphe des trois *novilleros*…

À l'hôtel, Christian commentait avec exaltation la combativité des *novillos* de Matías Bernardo et la joie qu'il avait éprouvée à les affronter. Tout ce bonheur semblait ne plus devoir s'arrêter, car le lendemain et les jours qui suivirent amenèrent une succession de bonnes nouvelles.

Dans la presse, les comptes rendus étaient élogieux, les impresarios qui avaient refusé de me rencontrer les mois et les jours précédents me téléphonaient pour engager Christian…

Ce grand succès avait compensé, dans l'esprit des aficionados, l'alternative ratée de Bernard. Le public avait été reconnaissant à Christian d'avoir en quelque sorte sauvé l'honneur… Bernard annonça qu'il abandonnait la profession, qu'il se retirait définitivement pour se consacrer à l'organisation de corridas. Il tirait hâtivement les conséquences d'un échec dont nous ne portions aucune responsabilité, dont nous avions été parmi les rares à ne pas nous réjouir, mais qui par sa proximité avec le succès de Christian pesa toujours dans nos relations. La fin du torero Simon Casas coïnciderait toujours avec l'avènement de Nimeño II. Nous n'y pouvions rien, mais Simon dut logiquement en éprouver de l'amertume. Je pressentis avec tristesse que les joies qui lui viendraient de nous auraient inévitablement des racines dans cet échec. Nos routes se séparèrent, car nos rêves avaient cessé d'être les mêmes.

Les succès renouvelés de Christian en faisaient pourtant le continuateur de la lutte que nous avions menée, des idées que nous avions défendues. Peut-être même deviendrait-il, avec le temps, le torero que nous avions appelé de nos vœux, celui qui démontrerait que nous avions eu raison, celui qui justifierait nos folies passées…

La réussite amenait à part égale la confiance en soi et la crainte de décevoir. Christian allait de l'une à l'autre, découvrant une obsédante réalité : le sentiment pesant de la responsabilité. Chaque nouvelle course l'éloignait encore plus du temps où, inconnu, il bénéficiait de l'effet de surprise. Maintenant, c'était lui que l'on attendait, que l'on venait voir et juger. De l'opinion du public – il n'aime que les vainqueurs – dépendait la suite de l'aventure.

La flatterie dans le succès, l'indifférence ou la méchanceté dans l'échec, comme seuls échos, seules manières de communication après le combat de l'arène ont très vite agacé Christian. Nous venions à peine de pénétrer ensemble dans le milieu professionnel que déjà ses contradictions, ses mensonges, sa superficialité nous sautaient aux yeux. Je sentais Christian méfiant et critique, réticent à se plier à des règles qui heurtaient sa conception trop romantique de la tauromachie. J'étais impressionné par sa rigueur morale, le réel dégoût que lui inspiraient les discours professionnels où tout n'était que rapports de force et mensonges.

Des nombreux *apoderados* qui se proposèrent pour diriger sa carrière, on nous disait : « il a de la force » ou « il n'a pas de force », c'est-à-dire pas de pouvoir, d'influence, de relations…

Les promesses des uns et des autres étaient toutes faramineuses. Comment choisir ? J'étais indécis… C'est à Pedro Romero que je dois le conseil le plus surprenant, mais finalement le plus judicieux : m'adresser directement au plus prestigieux des professionnels : Manolo

Chopera. Pedro organisa la rencontre à San Sebastián. Nous fûmes surpris par la grande amabilité de l'impresario, et surtout par l'attention qu'il prêta à nos propos. Je pus sans détour lui expliquer mes préoccupations : Christian avait d'évidentes qualités pour être torero, mais je n'avais pas, malgré toute ma bonne volonté, l'envergure pour l'aider sérieusement à réaliser son ambition. Je me souvenais comment j'avais fini par accepter, pour la première course de Christian en Espagne, de participer à un tirage au sort truqué. La crainte de me mettre à dos les impresarios importants qui me l'avaient demandé m'avait fait céder, et Christian s'était vu attribuer d'office le plus gros toro, l'autre *novillero* avait hérité d'un *novillo* borgne, et le troisième homme, le protégé des puissants, avait pu choisir les *novillos* qui lui plaisaient le plus... Le triomphe de Christian n'avait jamais effacé dans mon esprit un sentiment de honte. Chopera m'écoutait patiemment, et contrairement aux autres, il ne me fit aucune promesse.

— Rappelez-moi dans deux mois, lorsque je serai rentré d'Amérique du Sud...

Le retour à Nîmes fut amer. Nous étions persuadés que dans deux mois il ne se passerait rien. Tout au long de cette première saison, j'avais comptabilisé avec jubilation les courses et leurs résultats ; 1 *novillada* : 3 oreilles, 2 *novilladas* : 6 oreilles, 3 *novilladas* : 8 oreilles, jusqu'au résultat final que j'entourais d'un cercle rouge. 1975 : 17 *novilladas,* 36 oreilles et 2 queues...

Christian avait pu s'acheter deux costumes de lumières et du matériel, une petite voiture d'occasion, et tous frais payés, il lui restait 25 000 F qu'il gardait dans une boîte à chaussures.

Nous passâmes l'hiver à nous entraîner, j'aidais Christian à perfectionner son espagnol… Je le questionnais surtout sur son moral, ses intentions, sur sa perception et le sens de cette aventure dont les dangers et les contraintes augmenteraient avec le temps. Christian voulait de toutes ses forces faire de sa passion un métier. Je savais que nos routes s'étaient tellement rapprochées maintenant qu'elles finiraient par n'en faire qu'une seule : je deviendrais Alain, le frère de Nimeño II, et ce rôle nouveau donnerait un sens et une exigence à ma vie. J'apprendrais à anticiper, à prévoir tout ce qui pourrait inquiéter Christian et l'affaiblir. J'apprendrais à dire non, à demander plus d'argent, à me taire ou à crier… Mon rôle consisterait à lui simplifier la vie, à le débarrasser d'un maximum de problèmes. Nous serions deux, nous apprendrions le métier ensemble…

Lorsqu'à notre grande surprise Manolo Chopera nous appela, au début de 1976, pour envoyer Christian s'entraîner dans les élevages de Salamanque, nous avions déjà organisé l'équipe qui l'entourerait durant la saison. Pepe de Montijo, Pedro et Marc-Antoine Romero. Les picadors seraient Michel Bouix et Juan Valladares, que nous ferions venir en train de Barcelone. Jean-Marie Bourret, à peine remis d'un grave accident de la route, débuterait comme *mozo de espada* et des amis se relayeraient pour nous conduire. Tout était en place, et nous attendions les premiers contrats dans les arènes où Christian avait triomphé l'année précédente. Il était parti en Espagne avec Jean-Marie et je restai à Nîmes où je continuai de travailler à la station d'épuration de la ville. J'imaginais Christian à Salamanque et la nostalgie des années où j'y avais vécu me tourmentait parfois… Je regardais l'autoroute toute proche et je me disais qu'un jour peut-être, je cesserais de conduire ce putain de tracteur jaune et j'irais rejoindre Christian…

Je n'ai pas eu longtemps à attendre. À peine quinze jours après son départ, Christian m'avertit que Chopera l'avait trouvé bon dans les *tientas*, et qu'il le mettait à l'affiche d'une *novillada* à Bilbao.

Je négociai immédiatement la possibilité de prendre mes congés à la carte, de façon à suivre Christian chaque fois qu'il aurait un nouveau contrat.

Bilbao. Dans le *burladero* d'*apoderado*, je suis assis à côté d'Ángel Luis Bienvenida : il s'occupe du *novillero* vénézuélien Luis de Aragua. Je suis très inquiet et je cache de mon mieux ma nervosité.

Ángel Luis, l'ex-matador, pose sa main sur mon épaule :

— Tu es avec Nimeño ?

— Oui, c'est mon frère.

— Ne t'inquiète pas, laisse-toi aller. Tu vois moi, ça fait trente ans que je fais ce métier, et je suis aussi nerveux que toi…

« *Nimeño cortó la única oreja ayer en Bilbao.* » La presse est bonne. Christian vient de gagner sa présentation dans les arènes de Vista Alegre aux portes de Madrid. C'est un succès encore, puis la répétition. Après les succès d'Arles et de Nîmes, Christian réussit une grande journée, le 23 mai à Pampelune : 4 oreilles et une queue, et Manolo Chopera souriant me dit un matin :

— Prends note : Barcelone, Alicante, Tudela, Málaga, Logroño, Almería, Toulouse…

Tout s'accélère, tout change, mais nous gardons encore nos habitudes des temps plus difficiles. Nous partons de Nîmes avec des casse-croûte et des boissons que nous partageons sur le bord des routes. Pepe et Pedro, de ville en ville, retrouvent des amis, depuis longtemps perdus de vue. L'Espagne qu'ils ont quittée pour venir vivre en France est encore plus belle redécouverte avec les yeux de l'aventure… Christian se donne sans compter et le succès ne s'arrête pas. Il a pourtant parfois d'inexplicables crises de tristesse ou de doute… Il ne sait pas se laisser porter par le bonheur simple de la réussite. Il s'en inquiète, comme s'il craignait, par un excès d'insouciance, d'éloigner la chance de lui. Il se juge avec une grande sévérité. Est-il digne de cette réussite ? Digne de ce métier, qu'il idéalise ? Quant à moi, je retrouve l'exaltation des projets, un but véritable. Je ne souffre pas, après nos voyages, de retrouver la puanteur de la station d'épuration. Au contraire, je trouve dans cette vie de contrastes un nouvel enthousiasme, de nouvelles forces pour ne rien craindre des futurs combats à mener auprès de Christian. Je suis confiant.

Parfois, dans l'arène, j'oublie Christian dans l'élégante silhouette de ce jeune homme vêtu de rose et or que la foule applaudit à tout rompre… Pendant un instant, comme sorti de moi-même, je deviens spectateur, transporté par la beauté d'un monde d'images, de sons, de sensations où la peur n'a plus sa place… Dans l'émotion du triomphe, je redécouvre mon frère ; il m'avait un instant emporté dans son rêve.

Plus que l'argent que notre réelle pauvreté lui fait d'autant plus apprécier, plus que sa popularité, Christian est infiniment touché par l'amitié que lui portent des personnes qu'il admire secrètement.

C'est Marcel Dangou, accompagné de Paul Barrière, au premier rang des arènes de Vista Alegre, qui lui tendra une enveloppe, en lui disant :

— Je ne pourrai pas fêter avec vous ton succès car je dois partir à Bayonne après la course. Tiens, pour toi, et à bientôt!

Le soir à l'hôtel, Christian ouvre l'enveloppe, elle contient, avec un mot d'encouragement, une somme d'argent plus importante que le cachet du jour... Marcel Dangou, directeur des arènes de Bayonne, l'ami des plus grands toreros, mais qui offrait le champagne aux *novilleros* débutants! Christian ne l'a jamais oublié.

C'est Antonio Ordóñez à Ronda, qui me dit:

— Quels ont été vos frais? Je ne veux pas que cette course vous coûte de l'argent.

Je fais la liste: essence, salaires, hôtel, restaurant... Ordóñez arrondit royalement.

— Ton frère est un bon torero, félicitations et bonne chance!

Dans ce monde dur qu'il découvre, le meilleur côtoie le pire... Tout est là pour l'encourager ou le décevoir. Entre rêve et réalité, la vie est à inventer, et Christian est heureux.

1976 : 34 *novilladas,* 60 oreilles et 4 queues.

— Si vous le souhaitez toujours, je veux bien devenir l'*apoderado* de Christian, me dit Manolo Chopera. Par contre, je ne pourrai pas toujours l'accompagner. Tu peux peut-être rester auprès de lui? Réfléchissez-y!

J'ai le souvenir précis de la conversation que j'ai eue avec mon frère lorsque je lui ai annoncé la nouvelle.

—... Tu vois, le moment est venu de prendre une décision importante. Réfléchis bien, ne te sens obligé à rien, laisse parler ton cœur.

Christian m'a répondu avec gravité:

— Bien sûr, je suis d'accord! On a tout fait ensemble, reste avec moi. Si je réussis, on réussit tous les deux. Si je me plante, on aura quand même fait quelque chose de pas mal… D'accord?

— D'accord, Christian!

— Et tu ne me feras pas de cadeau!

— Non, je te dirai, toujours, ce que je pense vraiment.

Après la grande joie de la signature du contrat, toutes nos habitudes furent à nouveau bouleversées.

Ce fut d'abord la constitution d'une nouvelle *cuadrilla*, et le départ de ceux qui, les premiers, avaient cru en Christian, et l'avaient aidé. Ils se voyaient évincés au moment même du grand démarrage. Christian en était malade… On nous présenta le nouveau *mozo de espada*: Federico, Luis le chauffeur, les picadors et les banderilleros… Nous commencions à fréquenter un monde qui, hier encore, nous paraissait inaccessible.

Chaque jour était une découverte, Christian côtoyait les grands toreros, ceux dont il gardait encore précieusement les photos dédicacées. Il fréquentait les meilleurs élevages de Séville, de Salamanque ou de Madrid. La vie des picadors et des banderilleros qui désormais étaient sous ses ordres l'emplissait de respect, et je savais combien il faisait d'efforts, avant même son premier contrat, pour ne pas se laisser impressionner par la responsabilité qui pesait sur ses épaules. Sa « chance », celle qu'il avait su provoquer, était comme la charge du toro: une fois lancée, le plus difficile restait à faire, et à refaire inlassablement, aussi longtemps qu'il en aurait le goût, le courage et la passion; aussi longtemps que palpiterait en lui cet étrange désir de mériter cette vie.

Nous n'allions prendre conscience que progressivement des féroces jalousies qui suivirent l'annonce officielle de la prise en charge par Chopera de la carrière de Christian. Un Français!...

Il est trop tôt pour que le malaise s'exprime. Il est encore étouffé par le poids du succès, mais il prendra toute sa dimension destructrice plus tard, au plus mauvais moment, après les premiers coups de corne et leur conséquence sur le moral de Christian. Pour l'instant, Christian est sûr de lui, heureux, joyeux. Le début de la saison 1977 est éblouissant. De Valence à Salamanque, de Saragosse à Bilbao, de Séville à Nîmes, Pampelune ou Madrid, Christian en quelques passes trouve le terrain, la distance, le rythme pour dominer les *novillos,* vivre intensément sa passion et conquérir les publics...

À Madrid, lors de sa présentation, l'imposante arène de Las Ventas, tant rêvée, tant redoutée, l'écrase de sa majesté. En y pénétrant, Christian est tellement ému, tellement conscient que plus rien ne compte de ses triomphes antérieurs que sa pâleur anormale m'effraie, lorsqu'il traverse rapidement la grande piste et laisse Federico prendre sa cape d'apparat qui pend à son épaule. Il est livide, son regard est lointain, absent, lorsque les cris des clarines couvrent le roulement des tambours. Quand la porte du toril s'ouvre, le visage de Christian est parcouru de frissons, il respire avec peine... Federico me regarde inquiet. Le *novillo* de Santa Coloma charge avec force et violence dans la cape de Christian qui ne cède pas de terrain et se rapproche posément, de passe en passe, du centre de la piste. L'ovation qui éclate résonne dans son cœur, elle brille dans ses yeux fiévreux, elle caresse son corps enfin libéré, vainqueur de ses doutes.

Tout comme après la mort de son premier adversaire, Christian tend vers le public l'oreille du dernier *novillo*. Porté en triomphe, il entreprend ainsi un lent tour de piste. Des spectateurs, descendus des gradins, s'agglutinent autour de lui ; le groupe pénètre dans le tunnel qui mène hors des arènes, passe sous l'arche de la grande porte et s'enfonce dans la foule, déjà massée sur la place. Christian reconnaît la folie de cette grande bousculade, la silhouette des gardes civils, le martèlement des sabots de leurs chevaux sur le sol. Il reconnaît au loin, sur l'avenue, les voitures qui klaxonnent en l'apercevant, les cris des spectateurs sortis en même temps que lui pour l'applaudir encore. Il reconnaît cette mer de visages, ces mains qui se tendent, il sourit à cet enfant juché à sa hauteur sur les épaules de son père. Comme tous les toreros du monde, Christian a déjà depuis longtemps appris par cœur le moindre détail de ce grand rêve…

Par la fenêtre, les bruits de la fête, les cris et les rires de la foule me ramènent aux bienheureuses peurs du passé…

Les peñas *défilent, la musique, les olés repris en chœur m'émeuvent et me font mal. Je vais fuir encore l'immense joie de cette ville. Cette folie, tant voulue, tant souhaitée jadis, me blesse aujourd'hui.*

Que se passe-t-il dans les arènes ? Est-ce une ovation que j'entends, ou les moteurs des voitures dans la rue ?

Mon regard s'arrête sur les affiches au mur : Paquirri, Yiyo, Christian… Tout cela est insupportable.

Le vent soulève des prospectus, et un sac en plastique, tel un ballon difforme, vole mollement au-dessus des arbres… Je ferme la fenêtre. Je tire les rideaux…

La vie est moche devant le sourire clair de Christian, sur cette photo où j'essaie de soutenir son regard…

Le jour de son alternative, Christian s'est habillé chez moi. Tout autour de la maison, le jardin était un enchevêtrement de buissons, d'arbres et de plantes où s'accrochaient, s'emmêlaient comme d'immenses tentacules, les sarments de quelques pieds de vigne, jamais taillés. Christian aimait à se promener dans cette petite jungle. Il a commencé son habillage dans la pièce même où nous passions tant d'heures à parler et à rêver de toros…

Sur la chaise, le costume vert et or et la cape de *paseo* brodée paraissaient encore plus éblouissants, dans ce modeste décor…

Lorsque la *cuadrilla* est venue le chercher, nous nous sommes entassés dans la grosse voiture, passant crescendo du silence de ce paisible quartier de la route d'Arles aux premiers bruits de la féria, puis au vacarme des arènes… Christian était silencieux, attentif… Il semblait étonné de ne pas reconnaître vraiment ce petit trajet pourtant si familier.

Aujourd'hui, lorsque j'y repense, ce trajet, prélude à un si long et terrible voyage, m'apparaît pourtant curieusement encore simple et beau.

L'alternative de Christian draina aux arènes une foule émue par le sentiment que cette solennelle cérémonie serait – tous le savaient – la limpide et juste récompense d'une aventure irréprochable. Lorsqu'il apparut en piste entre Teruel et Manzanares, éclata une formidable ovation, et Christian fut bouleversé par tout l'amour de cet accueil. Malgré ses efforts pour le dissimuler, ses yeux s'emplirent de larmes… Après que Teruel lui eut tendu l'épée, après les paroles échangées, que le silence n'avait pas réussi à rendre audibles, Christian se dirigea vers la présidence pour demander l'autorisation de combattre Elegante, son premier toro de Torrestrella. Il longea posément la barrière, à l'opposé de l'endroit où se trouvait le toro… Federico, qui était dans la confidence, me poussa en avant. Christian s'arrêta à ma hauteur, et me dit en souriant :

— Alain, je t'offre la mort de ce toro, parce que mon alternative, c'est aussi la tienne…

J'avais posé ma main sur sa poitrine brûlante, son cœur battait sous mes doigts… Pendant que nous nous embrassions, je regardais le toro, par-dessus son épaule.

Je n'eus à aucun moment conscience que cette scène avait des témoins.

— Merci, petit frère, bonne chance…

Dans l'émotion, je n'ai gardé que des souvenirs confus, imprécis de cet après-midi de succès. La corrida finie, dans la pénombre du patio de *cuadrilla*, j'ai contourné la dépouille tiède du dernier toro et je suis sorti dans la rue, luttant contre un curieux sentiment de soulagement et de tristesse. J'avais froid. Dans la bousculade, j'ai vu Christian sortir des arènes, sous les applaudissements…

Le lendemain, nous partions à Barcelone, où l'attendait un toro noir, aux cornes fines, qui lui labourerait la cuisse et y laisserait une indélébile cicatrice qu'il devait oublier – ou se rappeler, allez savoir – chaque fois qu'il s'habillait de torero.

◆

Sur son lit d'hôpital à Barcelone, Christian m'avait dit :

— Dans le fond, je suis content de ce premier coup de corne grave. Maintenant, je sais ce que c'est.

Moi, je n'en étais pas si sûr... Je connaissais trop d'histoires semblables à celle-ci. Tant de jeunes talents dont je n'avais pas oublié les noms avaient vu leur courage, leur passion étouffés par le doute. Le torero s'était lentement éteint, laissant l'homme désemparé face à sa peur, incapable de penser à autre chose, refusant viscéralement toute souffrance nouvelle. Cette blessure, nous l'avions bien vue venir. J'avais entendu les conseils de prudence de Teruel pendant que Christian s'approchait du toro. J'avais ragé devant son obstination à toréer encore sur le côté gauche ce toro avisé qui ne cessait de le regarder, et dont la corne par deux fois avait déjà frôlé son corps.

— *¡ Ten cuidado !* Fais attention !

Mais Christian avait insisté et j'avais vu horrifié la corne s'enfoncer et disparaître dans la cuisse, le sang jaillir à gros bouillons... Il s'était relevé, débattu furieusement pour échapper aux banderilleros qui l'entouraient, le retenaient pour lui faire un garrot avec une cravate. Il s'était à nouveau précipité devant le toro, malgré les protestations du public, pour une courte série de passes de la main droite avant de faiblir, puis de tomber étrangement pâle dans les bras des banderilleros et des hommes de piste qui l'emportèrent en courant jusqu'à l'infirmerie. J'avais suivi le groupe, les yeux fixés sur la jambe blessée, sur le bas rose devenu rouge et luisant. Devant la porte du bloc opératoire, j'avais ramassé avec rage une *zapatilla* couverte de sang et de sable rouge. L'opération avait duré tout le temps de la corrida. Federico et moi sortions souvent de la salle d'attente pour fumer nerveusement cigarette sur cigarette, dans les couloirs déserts d'où nous parvenaient les cris et les murmures de la foule. Nous n'avions que peu à dire à la *cuadrilla* qui venait aux nouvelles :

— On l'opère…

Je pensais à José Falcón, si amical avec Christian à ses débuts, à Joaquín Camino, à leur agonie dans ce même décor.

En fin d'opération, l'ambulance attendait dans le flot du public qui sortait des arènes. Par une porte entrebâillée, nous avions aperçu Christian endormi, un drap blanc plié sous son visage, son teint cireux nous avait pincé le cœur. L'équipe médicale s'apprêtait à sortir, lorsque l'un d'eux se pencha sur Christian, lui tapota la joue puis, poussant rapidement la civière, disparut, suivi de tous les autres, derrière une porte vitrée. Il y avait un problème imprévu. J'étais paniqué, sûr que Christian allait mourir. Je croisai le regard affolé de Federico et je compris qu'il avait la même crainte. Nous apprîmes quelques minutes plus tard que Christian avait eu un problème cardiaque, maintenant résolu.

Dans les jours qui suivirent l'accident, il s'était organisé pour récupérer au plus vite. Il se forçait à manger, bougeait ses bras, sa jambe valide, en une incessante gymnastique couchée qui le ferait – expliquait-il – gagner du temps sur sa rééducation. Les visites, les télégrammes, les coups de téléphone l'étonnaient, l'émouvaient parfois. Nous parlions de ces deux premières corridas professionnelles, mais aussi du jour prochain où il pourrait enfin retoréer…

Vingt jours étaient passés. Nous étions à Salamanque et Christian s'apprêtait à toréer quatre vaches. Déjà, en se déshabillant pour enfiler un pantalon de *campo* et des bottes, la grande cicatrice qui zébrait sa jambe du genou au haut de la cuisse me ramena aux angoisses passées. Têtu, Christian avait refusé de se protéger avec des *zahones* de cuir. Malaxant sa jambe blessée du bout des doigts, il la pliait lentement, jusqu'au moment où ses yeux se plissaient sous la douleur. La première vache venait de débouler en piste, soufflant sur les *burladeros*, projetant sur nous une grêle de sable et de gravillons. Christian avait conduit la *tienta* avec autorité, se déplaçant d'abord avec précaution. Puis, peu à peu, les muscles échauffés, il s'était laissé aller au plaisir de toréer. La muleta dans la main gauche, cachée derrière sa hanche, il restait quelques secondes immobile entre les cornes avant de sortir lentement l'étoffe, l'avancer vers les yeux de la vache, provoquer sa charge d'un cri ou d'un bref frémissement du poignet, et l'entraîner dans une succession de grands demi-cercles autour de son corps. En fin de *faena*, Christian s'était approché à quelques centimètres de la vache essoufflée jusqu'à frotter sa jambe blessée sur la pointe fine de la corne. Dans ces moments-là, j'aimais encore plus Christian car, sans le savoir, il ôtait de mon cœur toute amertume, tout regret du temps où je prétendais devenir torero. Non, je n'avais rien à regretter ! La place qui était devenue la mienne était la plus juste, car jamais, malgré toute ma passion, je n'aurais pu trouver en moi ce courage.

Les premières corridas furent terribles…

Obsédé par l'idée que l'on mette en doute son courage, Christian devenait maladroit. Les toros l'attrapaient souvent. Il se relevait rageur, pour retourner face aux cornes, avec une détermination brouillonne qui nous mettait mal à l'aise. Tout paraissait si simple, quand El Viti ou Teruel toréaient. Tout devenait si incertain, compliqué, dangereux, lorsque Christian continuait de régler ses comptes avec sa peur!... À Alicante, première corrida après sa blessure, alors que nous lui demandions dans sa chambre d'hôtel comment il se sentait, Christian avait eu une phrase terrible :

— N'ayez pas peur, je ne vous ferai pas honte!

Solanito, l'ex-matador, maintenant banderillero, savait mieux que nous pour l'avoir vécu lui-même toute la complexité des pensées de Christian...

— S'il continue comme ça, il va finir par se faire démolir.

Démolir par les toros, mais aussi par la critique. Donner des arguments à ceux que les succès avaient fait taire et qui voyaient maintenant l'occasion d'expliquer qu'ils n'avaient été que des feux de paille... Lorsqu'il se souvenait de cette période, Christian me disait :

— Tu ne peux pas savoir comme c'était dur. J'avais peur tout le temps. Peur de décevoir, peur d'être ridicule, peur d'être critiqué... Parfois, devant le toro, je sentais une odeur d'infirmerie. Je n'avais qu'une idée en tête, ne pas fuir. Je regardais les cornes et je pensais : elles vont me transpercer... C'était horrible.

J'avais honte de mon confort, alors que le danger était partout autour de lui. Je me sentais coupable, car j'avais éprouvé du bonheur, du plaisir, de la fierté à vivre avec lui cette aventure.

Maintenant, seul Christian restait pris dans ce piège et je craignais qu'il n'en sorte pas indemne. Je devenais superstitieux jusqu'au ridicule. J'imaginais les coups de corne les plus atroces. La peur s'était emparée de nous. J'essayais de me rassurer en pensant que, auprès des grands toreros, Christian affronterait des toros plus faciles. Ces idées sottes se heurtèrent vite à une réalité bien plus complexe. Les toros des vedettes faisaient peur eux aussi, mais leur agressivité, leur danger semblaient parfois s'estomper, disparaître même, comme par miracle, tant ils étaient magnifiquement toréés. Parfois, alors qu'il semblait qu'on assistait à une démonstration facile, tout basculait... À Burgos, pour le dixième anniversaire de l'alternative de Teruel, un gros et vieux toro de Pérez Tabernero avec lequel il semblait jouer délicatement et sans risque l'avait projeté en l'air avec une violence inouïe, et s'était acharné sur son corps évanoui avec une sauvagerie que nous ne lui imaginions plus... Le frère du torero, El Pepe, avait saisi le toro par la queue et tirait de toutes ses forces en criant :

— Lâche-le ! lâche !

Ce fut curieusement à Barcelone que Christian s'est retrouvé. Le souvenir de son coup de corne m'avait poursuivi toute la journée. Nous étions repassés par les mêmes endroits, nous avions refait les mêmes gestes. Nous avions retrouvé cette dame et son enfant infirme, attendant comme toujours les toreros dans l'arène, à l'entrée de la chapelle, pour leur demander un autographe et un baiser pour son fils. Je me souvenais... le jour de l'accident, elle s'était précipitée sur moi en me tendant une photo déjà signée par Christian.

— Il a oublié, m'avait-elle dit, d'ajouter sous sa signature une petite croix... Tenez, dites-lui de faire la petite croix, ça lui portera bonheur !

Troublé, j'avais hésité, car l'heure du *paseo* était imminente. Déjà les toreros s'étaient collés au mur, pour laisser passer les chevaux des *alguaziles*.

— C'est trop tard ! Rendez-vous devant la voiture après la corrida, avais-je promis.

Tout me revenait, alors que s'entrouvraient les portes donnant sur la piste. Pris dans les premières notes du paso doble, les toreros s'adressaient les uns aux autres des signes de la main.

— *¡ Suerte ! ¡ Suerte !* Bonne chance ! Bonne chance !

Christian avait offert la mort de son premier toro à l'équipe médicale qui l'avait opéré, et se vit récompensé par une oreille, la première depuis l'accident, et la seule d'une corrida au *cartel* prestigieux, puisqu'il toréait aux côtés de Paco Camino et d'El Viti.

Avec ce succès, Christian avait franchi un obstacle, éloigné le doute, retrouvé la confiance. Pendant cette longue saison, riche de triomphes, j'avais pourtant vécu chaque corrida rongé par la peur. Une peur que j'avais le plus grand mal à dominer, alors que Christian était à nouveau en paix avec la sienne. J'avais pour toujours, au fond de moi, la certitude qu'avec ou sans réussite, Christian prendrait toujours des risques réels avec les toros. Je n'avais pas le souvenir d'une seule corrida où Christian ait refusé de s'exposer – et je ne devais jamais l'avoir. Qu'il s'agisse d'un village ou d'une grande arène, je savais qu'il offrirait toujours aux toros la possibilité de le prendre ou de le blesser. Là était l'honneur ou la sottise, selon que l'on juge avec passion ou avec raison. Cette lutte de la passion contre la raison m'a toujours laissé plein d'admiration. Plus encore dans l'arène, où la présence réelle et constante du danger ôte à ce dilemme la simple dimension d'une controverse philosophique. En piste, tout peut être intéressant. L'expérience des toreros, leur habileté, jusqu'à leur sens de la mise en scène. Mais ce que je trouvais admirable et émouvant, ce qui m'exaltait parfois et me faisait réfléchir, c'était le choix étrange de ce qui n'est pas logique, raisonnable. Ce don absolu de soi à sa passion. C'est ce banderillero, dont on n'attend rien d'autre que la pose rapide de deux banderilles sur le garrot du toro et qui, allez savoir pourquoi, pour le même salaire, avec pour seule récompense quelques secondes d'applaudissements, va jouer sa vie, les cornes sur la poitrine, alors que rien ne l'empêche d'expédier son travail avec un minimum de risques… C'est ce matador qui, sachant le triomphe désormais impossible, va néanmoins, au risque de l'accident, provoquer plusieurs fois la charge d'un toro dangereux pour le seul plaisir d'entendre le bref commentaire d'une poignée de connaisseurs ou de professionnels :

— Bien, torero !

C'est refuser de profiter d'un public naïf pour triompher facilement, mais considérer que ce toro face à vous, dans ce village en fête, a la même importance que celui affronté dans une grande arène. C'est se jeter plusieurs fois sur les cornes pour porter loyalement l'estocade, plutôt que d'abattre le toro avec habileté. C'est serrer les dents et rester digne lorsqu'on est blessé, plutôt que de mettre en scène sa souffrance. C'est donner la priorité à ce qui vous grandit à vos propres yeux, avant de chercher à séduire les autres. C'est, au-delà même de la tauromachie, une façon de se situer devant la vie, devant sa propre vie.

J'ai souvent rêvé, pour me rassurer, d'un Christian que l'expérience et le temps rendrait plus habile, plus malin, plus professionnel : instruit de l'essentiel d'un métier, on finit par avoir le choix entre plusieurs solutions pour résoudre un même problème. On ne se laisse pas enfermer dans une sorte de jeu de la vérité qui, bien souvent, n'en vaut pas la peine. Christian connaissait parfaitement toutes les habiletés du combat avec le toro, du dialogue avec le public. Il avait choisi de ne pas s'en servir, et ne supportait pas qu'on le conseille sur ce point. Il allait aux arènes la peur au ventre et le cœur plein d'*afición*, conscient que la plus grande partie du danger, c'était lui qui l'ajoutait à tous les autres dangers. Le vrai courage, le vrai mérite n'est pas le fruit du hasard, un effet de la force physique ni de l'insouciance ou du culot de la jeunesse. C'est parfois au contraire, lorsque l'on a douté, lorsque l'on a souffert, lorsque l'on s'est cru perdu, découvrir encore intact, minuscule mais intact, son désir de rêver et sa capacité de donner corps à ses rêves. Autant que toute l'expérience acquise, c'est le sentiment exaltant d'une espérance retrouvée qui permet alors au torero de réaliser et de savourer pleinement une tauromachie personnelle.

Une tauromachie à laquelle il rêvait adolescent, dont il ne savait presque rien mais dont il attendait tout. Il l'avait idéalisée, imaginée simple et heureuse, mais il s'était heurté à une réalité dure et décourageante. Jusqu'à ce moment incroyable où tout s'était éclairé et lui avait permis de découvrir avec émerveillement qu'il ne s'était pas trompé, qu'il avait bien pressenti l'essentiel dès ses premières rêveries. Ainsi, il avait seulement minimisé les difficultés. Maintenant qu'elles étaient dépassées, vaincues, le rêve redevenait possible.

Il y a de nombreuses façons de triompher dans l'arène. Mais aucun triomphe n'a la saveur de celui où, avec panache, on chasse de son esprit le savoir et la raison pour se laisser aller au luxe d'une vraie passion. Une passion qui ne s'épuise jamais, car elle porte en elle le désir de toujours tout remettre en jeu encore et encore. Ainsi, lorsque, vidé de cet espoir, Christian se prit à désirer la mort puis se donna à elle, son geste ne surprit que ceux qui ne l'avaient pas vraiment regardé vivre.

◆

Fede, Federico Canalejas, a été pendant douze ans le *mozo de espada* de Christian. Douze ans dans les avions, les voitures, les chambres d'hôtel ou d'hôpital, les ganaderias, les *callejones*, en France, au Portugal, en Espagne et en Amérique du Sud, dans la gloire ou dans l'échec. Mais surtout, des centaines de fois avant les corridas, dans le silence d'une chambre d'hôtel, face-à-face avec lui durant les heures qui précèdent l'habillage, ces heures froides où la peur est infinie parce qu'elle vient de l'imagination. Christian « se repose ». Et Fede frappe à la porte selon un code convenu par eux. Il entre, un verre de jus d'orange à la main, et le paso doble ou le brouhaha qui vient du hall de l'hôtel s'éteint avec la porte qui se referme. Jusqu'à l'heure de partir pour les arènes, Fede va assister Christian. C'est-à-dire l'aider à se vêtir, l'aider aussi à dire, de toutes les façons, qu'il a peur. Les toreros se plaignent souvent pendant l'habillage. Ils disent que « ça serre trop ». La *taleguilla,* la ceinture, les bretelles,

les cordons des *machos,* rien n'est parfait. Jusqu'à la *coleta* qu'il faudra fixer à une mèche de cheveux derrière le crâne, tout est prétexte pour exprimer cette sensation de malaise.

— Aïe, Fede! tu me fais mal! Ne serre pas comme une brute.

Dans ces moments, les toreros ont le sentiment d'être étouffés par le costume qui leur colle à la peau. Ils se sentent attachés, écrasés. C'est la peur qui les opprime, le refus inconscient de se laisser passivement transformer en torero, habiller, entourer, transporter jusqu'au lieu du rendez-vous. Le *mozo de espada* sait bien qu'il apparaît comme une sorte de bourreau, et qu'il doit agir avec infiniment de tact et d'intelligence. Il doit se montrer confiant, mais pas trop. Il ne faudrait pas qu'il apparaisse joyeux alors que son matador est inquiet. Attentif, mais pas au point de donner l'impression de s'occuper d'un grand malade. C'est un travail très étrange de transformer en torero cet homme nu, isolé un instant du monde dans la solitude d'une chambre anonyme, pour peu à peu l'amener à se retrouver, à se sentir à nouveau fort, courageux et beau, alors que toutes ses pensées ne lui rappellent que sa faiblesse, sa vulnérabilité et son peu d'envie pour l'instant d'aller se frotter à la cruauté de la foule et au danger des toros. Le *mozo de espada* connaît mieux que quiconque les doutes et les faiblesses de ces hommes, et l'extrême dureté de leur métier. S'il n'a pas à se mesurer lui-même aux toros, le *mozo de espada* est au cœur du drame. Il a en charge une foule de petites choses indispensables dont il devra se servir pour meubler les grands silences de la peur. Il a le privilège d'être celui qui a vu, qui a entendu, ce que personne ne voit ni n'entend. Il devient alors le confident, celui à qui l'on peut tout dire, aussi bien de sa vie privée que de son métier. Celui devant lequel il n'est pas important de se montrer faible, hésitant, coléreux ou injuste. Avec lui, le torero n'est pas en représentation, et c'est pourtant là, de cette façon, qu'il se prépare paradoxalement le mieux au spectacle. La corrida terminée, de retour dans sa chambre, en sueur, les nerfs encore à vif, c'est encore à son *mozo de espada* que Christian exprimait en premier sa joie ou sa déception, son amertume ou son enthousiasme. En le déshabillant, en rangeant les affaires, Federico l'écoutait et parlait à son tour, pour rassurer, féliciter, minimiser ou grandir les événements de la journée. Les *mozos de espada* sont peut-être les meilleurs aficionados du monde. Ceux qui, connaissant le mieux les hommes, comprennent et respectent le mieux les toreros. Christian vivait avec Federico une relation d'amitié complexe, une sorte d'intimité indispensable à son équilibre. J'aimais les voir, discutant et riant tous les deux de leurs « secrets ». Cette connivence était à mes yeux aussi importante que le rôle de chacun des membres de la *cuadrilla*. Depuis le chauffeur, avec qui toute l'équipe pouvait dormir tranquillement pendant les interminables voyages de nuit – *¡ Paco, eres un fenómeno del volante !* – jusqu'aux picadors et banderilleros dont Christian était si fier lorsqu'ils se distinguaient dans l'arène. Chacun d'eux était une partie de Nimeño. Federico savait faire rire Christian, et je lui étais reconnaissant de son humour, de ses blagues et de son dynamisme. Federico savait insuffler à Christian l'orgueil de son métier, la joie de vivre, la confiance qui permet d'aller crânement au-devant des incertitudes et des dangers.

Lorsque nous restions quelques jours à Madrid, Federico arrivait à l'hôtel vers dix heures du matin, et partait faire des courses avec Christian. Nous avions rendez-vous à treize heures ou à quatorze heures au bistrot de chez Mary. Lorsqu'ils m'y rejoignaient, j'étais souvent déjà attablé avec un journaliste ou un banderillero, et nous interrompions notre conversation pour les écouter nous raconter leur matinée. Ils étaient allés essayer les costumes, acheter des vêtements, ou plus simplement faire une promenade, rencontrer des gens. Federico aimait à raconter les courses passées, aligner avec fierté la liste des prochains contrats, passer d'un bar à l'autre, jouir du spectacle de la rue, montrer son matador. Peu à peu, toute la *cuadrilla* finissait par nous rejoindre. Tout en discutant, dans la chaleur des *abrazos,* des éclats de rire, chacun racontait un peu de ses problèmes, un peu des souvenirs que le groupe avait en commun. Par l'un ou par l'autre, nous apprenions, dans le brouhaha de cette réunion, les derniers potins de Séville ou de Salamanque, de Dax ou de Mexico. Parfois nous apercevions, passant dans la rue, un matador ou un banderillero ami, et nous l'interpellions :

— Eh, torero ! Viens boire un verre avec nous !

Bientôt, le petit bistrot était rempli d'amis et de connaissances, et la marchande de journaux, devant la porte, confiait à un client, surpris par tant de vacarme :

— *¡ Es Nimeño, el torero, con su cuadrilla !*

Federico papillonnait de l'un à l'autre, Mejorcito mimait de ses deux grands bras les cornes d'un toro qu'il avait piqué je ne sais où, Rafael regardait à droite et à gauche pour anticiper sur la boulette de papier ou la cacahouète que quelqu'un ne manquerait pas d'essayer de glisser dans le col de sa chemise. Paco allumait sa vingtième cigarette de la matinée, et Félix commandait une autre tournée. Christian, au milieu de ses hommes, riait comme un enfant tellement heureux qu'il m'arrivait, les jours où nous devions partir toréer, de m'absenter un instant sous le prétexte d'un dernier coup de téléphone, et d'aller faire lentement un tour du quartier pour le laisser encore un moment à cette joie, avant de revenir donner le signal du départ.

Descendues de l'hôtel voisin, les malles et les valises avaient été hissées sur le toit de la voiture, Paco les recouvrait de la grande bâche imperméable qu'il fixait ensuite avec des cordes et des tendeurs. Et puis chacun prenait sa place, toujours la même, Paco glissait une cassette dans l'autoradio et là, serrés les uns contre les autres, une fois encore, nous descendions la calle Huertas en commentant le passage de quelque jolie femme.

▲ Alain dédie son *novillo* à Christian et Chinito.

Photo M. Mouraret

▲ Premier *brindis* de Christian, arènes de Nîmes.
Photo Moscini

▲ Vers la sortie…

▲ « Mon alternative, c'est aussi la tienne. »
27 mai 1975, arènes de Nîmes.
Photo Hubert de Ranck

▲ Nîmes, 1969.
Photo Michel Pradel

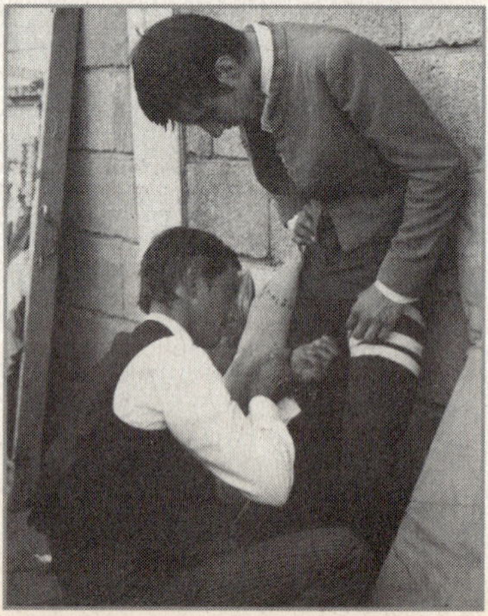

▲ Couture… *Photo Michel Pradel*

▲ Banderilles à Madrid. *Photo Botán*

▲ Les grandes arènes mais aussi les fêtes de village. Rodilhan, Gard.

▲ Première *cornada* à Barcelone. Photo Sebastián

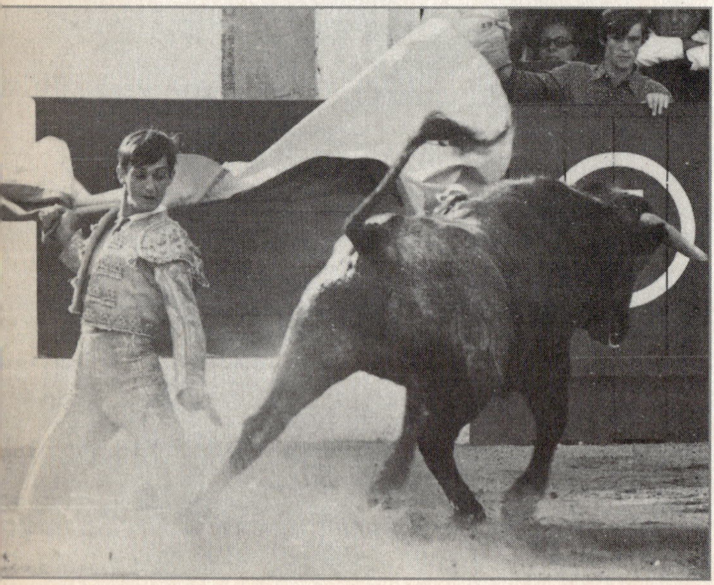

▲ *Larga* à genoux, Céret, 1967. Photo Martin

▲ Banderilles à Mexico, 1982.
Photo Carmona

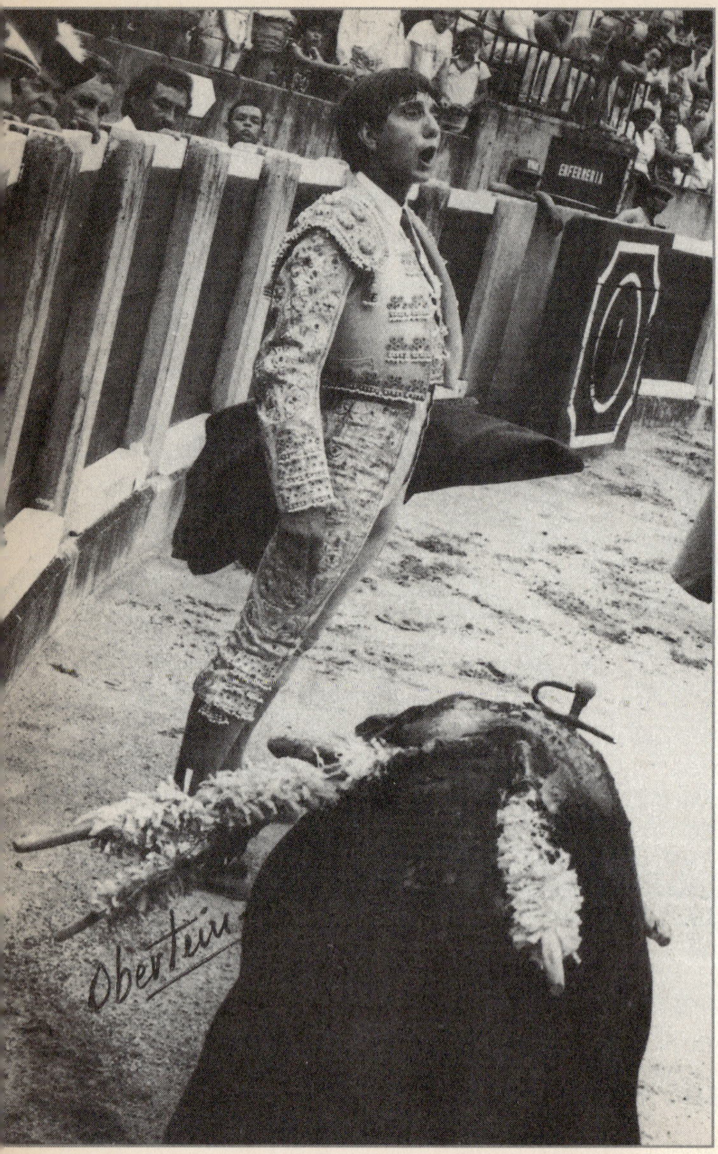

▲ Après l'estocade, Valencia, Venezuela. L'arène de la première et dernière course en Amérique. *Photo Obertein*

▲ Arènes de Acho, Lima. *Photo Useniz*

▲ Triomphe à la « Gran Mexico ». *Photo Carmona*

▲ Alain, Fede, Christian à Mexico. *Photo Lafranchi*

▲ Mérida, Venezuela, mars 1987.

▲ Détente à Acapulco. *Photo Alain Montcouquiol*

▲ Les deux frères. *Photo Philippe Roussière*

▲ Mexico.

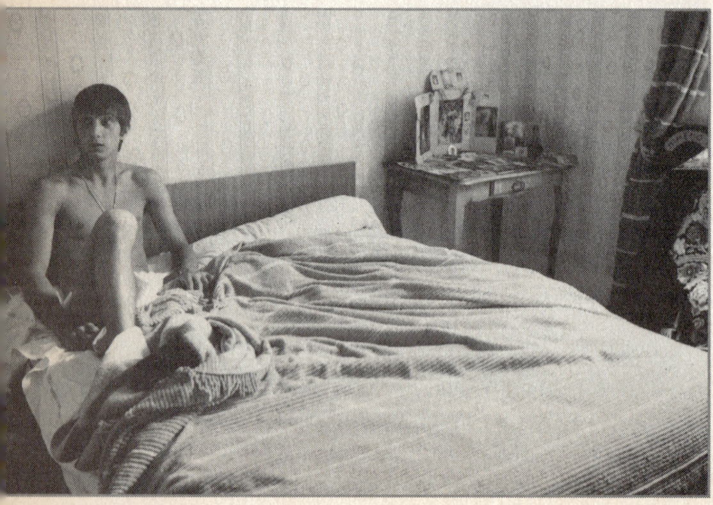

▲ Seul. *Photo Michel Pradel*

▲ Madrid, 1989, de gauche à droite :
Cervantes, Jean-Marie Bourret, Federico, Christian,
Pepe Luis Segura, Rafael et Alain. *Photo Botán*

▲ Avec Margarita, 1987.

Maintenant que Christian est parti seul, je me surprends à sourire en pensant à tous ceux qui lui ont donné ces instants de bonheur. Je ne voudrais penser qu'à eux, ne plus ressentir cette formidable colère qui m'étouffe parfois, qui me répugne mais qui palpite en moi et que je n'assouvirai jamais.

Lorsque Christian s'imaginait sans les toros, il rêvait d'une petite pension, à Madrid, d'où il repartirait à zéro pour devenir guitariste…

— Si un jour j'en ai marre, si je deviens mauvais, si je n'ai plus de contrats, ou bien si un toro me fait mal, je sais que je ferai comme ça !

C'était son rêve. Un rêve dont il ne parlait pas souvent, mais qu'il m'avait longuement évoqué à l'époque où il achetait une guitare pour la revendre à perte deux mois après, puis en acheter une autre avec « un son fantastique ! », jusqu'au jour où le grand guitariste Serranito était venu le voir à Madrid au *sanatorio* des toreros, alors qu'il était blessé. Il lui avait dit que les meilleures guitares étaient les Ramirez. Le lendemain de sa sortie de l'hôpital, Christian était arrivé à l'hôtel fou de joie. Il avait sorti la Ramirez de son étui.

— Regarde ! Elle ne pèse rien. Écoute le son ! Je me demande si elle n'est pas trop bien pour moi…

Nous avons trimballé cette guitare pendant des années. Et à l'heure de charger la voiture, ou d'embarquer dans des avions, la guitare devenait le sujet de toutes les préoccupations, de toutes les inquiétudes.

— Tu sais, c'est très fragile ! Le moindre choc pourrait l'abîmer. Un changement de température…

Cette passion de la guitare, Christian l'avait découverte vers douze ans, au bar Le Gitan à Nîmes, avec Joseph, Salva et Le Sourd. Ils avaient pris en sympathie ce gamin qui venait les écouter jouer et les observait sans rien dire. Un jour, le vieux Joseph lui avait demandé :

— Tu veux apprendre ?

Plusieurs années plus tard, Christian n'en revenait toujours pas.

— Tu te rends compte ? Ils ont compris que j'aimais ça…

Il se souvenait des expressions de Joseph lorsqu'il parlait avec passion de son idole, Django Reinhart :

— Tu aurais pu lui mettre douze cordes ou un manche deux fois plus long, c'était pareil ! Quand il jouait, tu pouvais mettre un crêpe noir à ta guitare et aller la cacher dans un coin.

Parfois, ils passaient des disques de Django, et Joseph, le doigt pointé sur le microsillon, disait :

— Là, écoute ce morceau !

Il ouvrait alors les mains en éventail, les croisait en un rapide aller-retour, immobilisait ses bras en position écartée, mimant une sorte d'arrêt définitif qui signifiait : après ça, tout est fini.

— Tu… tu… tu as entendu ? bégayait-il.

Si tout au long de sa vie et aussi loin qu'il m'en souvienne mon frère s'est toujours bien entendu avec les musiciens, c'est qu'il était comme eux un homme passionné, exigeant, avec ce besoin formidable de se fixer des buts inaccessibles. Ce qu'il redoutait le plus, c'était l'ordinaire, le quotidien, qui l'angoissait, le tourmentait au point de le rendre vulnérable et fragile comme un enfant.

Il était, comme beaucoup d'artistes, un homme seul et compliqué sous une apparence tranquille. Il tâtonnait, cherchait, doutait de lui jusqu'au moment où il prenait une décision. À partir de là, plus rien ne l'arrêtait. Christian, en réalité, rêvait d'un monde qui n'existe pas, un monde à inventer avec sa vie, où il avait un rêve d'avance... Mais il n'avait pas imaginé le pire. Qu'une passion, celle des toros, pourrait en tuer une autre, celle de la guitare, et le laisserait en vie, témoin impuissant de ces deux grands malheurs.

◆

Il suffit d'ouvrir les deux battants de l'armoire encastrée dans le mur pour trouver, placé à la verticale, un lit de camp tout préparé. Lorsque je le rabats à l'horizontale et que je m'y allonge, j'ai l'impression, tant il est bas, d'être couché sur le carrelage. Seules deux petites veilleuses, au ras du sol, éclairent faiblement la chambre. En face de moi, Christian repose sur un grand lit. J'entrevois dans la pénombre la perche fourchue sur laquelle est accroché le flacon de perfusion, puis le tuyau de plastique transparent terminé par une aiguille fixée dans son bras. Sous le lit à roulettes, suspendues au cadre de fer, les deux poches rectangulaires qui recueillent le sang et l'urine des drains. Nous avons voyagé toute la matinée en ambulance, de Logroño jusqu'à Madrid, et Christian est bien plus tranquille depuis qu'il a été examiné par le docteur García de la Torre, don Máximo, le chirurgien de l'hôpital des toreros, l'homme calme et souriant, qui examine longuement en silence les blessures les plus atroces, puis murmure toujours :

— Bien ! très bien !...

Ce « bien ! très bien ! » est attendu avec impatience par tous les toreros blessés, et le docteur, qui le sait, sourit en constatant une fois encore combien ces hommes courageux ont pourtant tellement besoin, eux aussi, d'être rassurés.

— Allez ! dans huit jours tu es debout, et dans vingt jours tu es de nouveau devant le toro !...

Christian a reçu deux coups de corne. Un dans la verge, l'autre, bien plus grave, ne lui a pas traversé la cuisse de part en part, car la corne a heurté violemment le fémur, changeant ainsi de trajectoire. Bien sûr, c'est le premier coup de corne qui inquiète le plus Christian. Curro Vázquez, qui lui a rendu visite dans la journée, lui en a immédiatement parlé avec élégance et gentillesse :

— Tu vois, a-t-il dit, j'ai eu la même chose que toi. Ça s'est très bien arrangé, en voilà la preuve, a-t-il conclu, en lui présentant ses deux enfants.

Il est tard maintenant, et nous parlons encore à voix basse. Il faudrait trouver deux toros avant de partir au Venezuela, « je veux m'y remettre vite », dit-il. Ensuite Christian finit par s'endormir. Je reste un moment éveillé, luttant contre l'envie d'aller fumer une cigarette dans le couloir. Mais, craignant de le réveiller, je ne bouge pas et je finis par m'endormir à mon tour.

Soudain, dans la nuit, Christian s'est mis à hurler :

— Vite ! il faut faire le *quite* à Alain !

Je me suis levé d'un bond, affolé, j'ai cherché l'interrupteur, et le cœur battant, j'ai vu Christian, debout, la perfusion arrachée, retenu à son lit par le tuyau des drains. Je l'ai attrapé sous les genoux et les épaules, je l'ai soulevé, puis posé doucement sur les draps.

— Ça va ? tu as fait un cauchemar.

Il était couvert de sueur et parlait difficilement.

— J'ai fait un rêve. Tu étais par terre, et un toro te transperçait à coups de cornes. Personne n'allait au *quite* !

— Mais j'étais dans une arène ?

— Oui, tu étais au milieu de la piste. Loin, très loin des barrières.

— Et toi, tu étais où ?

— Je ne sais pas ! Je me rappelle pas. Mais je ne pouvais pas bouger, et je sentais que ce toro allait te tuer.

Christian était incapable de marcher, mais le cauchemar avait été si violent qu'il s'était levé pour venir à mon secours. Je suis allé chercher l'infirmier pour vérifier que tout allait bien, et puis, quelques instants plus tard, rassurés, nous avons fini par éteindre la lumière. Dans le noir, Christian m'a dit :

— *Buenas noches,* Alain !

— Tu m'as fait une de ces peurs ! lui ai-je répondu. Allez *¡no pasa nada!* Rendors-toi, et merci pour le *quite*...

◆

Christian vouait une sincère amitié au banderillero Dominique Vache. Ils se connaissaient depuis l'école primaire et gardaient de leur enfance les souvenirs d'un grand nombre d'espiègleries, d'aventures, de bêtises qu'ils aimaient à se remémorer en se promettant d'y ajouter plus tard des épisodes plus drôles encore. Dominique savait raconter les histoires. Il construisait des sortes de scénarios, mimant les personnages, imitant leur voix, ajoutant, pour mieux créer le climat, de la musique et des bruitages. Son auditoire rapidement séduit, il devenait alors intarissable, improvisant à plaisir, riant de ses propres gags. Il répandait une joie communicative qui se transformait en rires, puis en fous rires inoubliables…

Dominique avait été *becerrista* en même temps que Christian, toréant d'abord dans une arène portative gérée par son père avant de devenir *novillero*, de partir en Espagne, puis, découragé, de disparaître un temps du monde des toros. Il avait retrouvé Christian devenu matador, qui l'avait engagé avec joie dans sa *cuadrilla*. Comme si les années n'avaient pas passé, Dominique devint le compagnon fantasque et drôle de tous les voyages, apportant la fantaisie et la bonne humeur dans la vie dure de Christian qui poursuivait, de corrida en corrida, un bonheur compliqué et toujours remis en question. Dans son incroyable joie de vivre, Dominique ne savait pas toujours où devait s'arrêter le jeu. Il avait de réelles qualités, mais il lui était difficile de se contrôler, de prendre sur lui pour s'affirmer, progresser, et devenir ce que Christian souhaitait : un grand banderillero, sûr et respecté. Lorsqu'en piste ou en quelque circonstance importante de notre vie de voyage Dominique faisait une bêtise, Christian était furieux, moins de la bêtise, qu'il lui pardonnait immédiatement, que d'avoir par la suite à devenir son avocat. Je le savais, et malgré mes colères, que j'estimais largement justifiées par le danger qu'ils couraient dans l'arène, j'étais toujours époustouflé par les excuses dont usait si largement Christian pour le défendre, alors qu'il s'y refusait pour lui-même. Lorsque Dominique était bon, Christian ravi m'interrogeait, l'air faussement désintéressé :

— Alors, comment tu as trouvé Vachette ? ou Cabezita ou Dominiqui, comme l'avaient surnommé les Espagnols de la *cuadrilla*.

— Dominique ? Très bien.

— Tu vois, quand il veut !

— Tu lui diras de vouloir plus souvent…

Christian m'expliquait alors que Dominique avait besoin de temps pour devenir un grand banderillero. Nous étions tous d'accord, comment ne pas souhaiter une équipe où chacun tiendrait impeccablement sa place… Federico Canalejas comparait volontiers une bonne *cuadrilla* à un bateau dont le capitaine-matador, efficacement secondé par ses picadors et banderilleros-matelots, maintiendrait le cap dans l'océan dangereux de la tauromachie. Mais la métaphore était trop séduisante, l'idée trop bonne pour ne pas en plaisanter, imaginer qui serait le cuisinier, qui aurait la charge de veiller sur les tonneaux de rhum, qui seraient les corsaires ou les sirènes, et comment les mauvais marins, jetés par-dessus bord, devraient nager, des algues vertes sur la tête, des crevettes ou des hippocampes dans les trous de nez…

— *¡Dominiqui eres un pedazo de cabrón!* Dominique, tu es un enfoiré !…

Et Christian, plié de rire, savourait le succès de son ami.

Lorsqu'en 1989, José Luis Segura, le nouvel *apoderado* imposa la réorganisation de la *cuadrilla*, excluant Dominique, Christian céda, à contrecœur, mais avec la ferme intention de le faire réintégrer sous peu dans son équipe. Tout au long de la saison, lorsqu'il arrivait qu'un banderillero ait une mauvaise journée, Christian ne manquait jamais de faire remarquer, gentiment, mais fermement :

— Vous voyez, ça arrive à tout le monde !

Je savais que Dominique reviendrait.

Et il est revenu… Mais trop tôt, et bien mal ! Juste le temps de porter le cercueil de Christian et d'entendre à ses côtés, loin des arènes, une dernière ovation…

◆

Christian s'amusait beaucoup de la grande peur que j'avais des avions. Il se renseignait sur les compagnies aériennes, les aéroports, pour m'inquiéter d'avantage encore par la précision de ses descriptions. Sa grande joie, c'était lorsque, en Amérique du Sud, nous étions obligés de voyager sur des petites compagnies intérieures. Dès que nous avions enregistré les bagages, et que nous attendions l'heure d'embarquer, Christian, sentant ma nervosité croissante, ne manquait jamais de me parler de piste dangereuse, de crashs tragiques, d'appareil vétuste. Parfois, il me désignait un pilote et me disait :

— Regarde cette tête d'ivrogne. Sûr que c'est le nôtre !

Souvent, il se contentait de me dire :

— Je t'offre un whisky ? Puis il éclatait de rire en voyant avec quel empressement j'acceptais son invitation.

— Je sens que tu vas souffrir, disait-il. Tu te rends compte, si on tombe à l'eau, toi qui ne sais même pas nager !

Au décollage, l'instant qui m'impressionnait le plus, Christian posait brusquement sa main sur mon bras crispé sur l'accoudoir et me disait l'air préoccupé :

— Tu entends, il y a un drôle de bruit dans les moteurs...

Je feignais l'indifférence, l'œil rivé sur les petits panneaux lumineux autorisant les passagers à dégrafer leur ceinture et à fumer. Côte à côte pendant des heures, nos voyages étaient l'occasion de longues discussions. Ces parenthèses entre départ et arrivée nous amenaient toujours à parler de la vie. De notre vie. À faire des projets, à regarder différemment les problèmes dans lesquels nous étions parfois empêtrés sur terre. Il nous semblait, dans la quiétude de ces heures de vol, que tout finirait par s'arranger. Nous puisions de l'optimisme dans ces voyages, comprenant encore mieux notre chance. Nous parlions de ce métier étrange qui était devenu le nôtre, mais uniquement pour en exalter les aspects magnifiques. Christian me questionnait sur son enfance et la mienne, nous aimions nous remémorer les étapes qui nous avaient menés jusque dans cette vie d'aventures, qui ressemblait tellement à celle dont nous avions rêvé. Je regardais par le hublot le spectacle superbe de la mer de nuages, et je pensais : la vie est belle ! Nous commandions une petite bouteille de champagne, et nous fêtions, sans nous le dire, le sentiment précieux de la conscience de notre bonheur.

Lors d'un vol Caracas-Bogota, l'avion avait eu un problème au décollage, et un véritable vent de panique s'était emparé des passagers. L'avion semblait incapable de prendre de l'altitude. Un instant, il parut même s'immobiliser, puis se mit à vibrer dans un énorme bruit de moteur, nous terrifiant tous, y compris Christian qui se leva, et nous conseilla de le suivre dans la queue de l'avion. Federico et moi n'avions pas bougé, collés à nos sièges, effrayés jusqu'à l'apparition souriante et rassurante des hôtesses. Enfin stabilisé, notre vol avait continué silencieusement dans la nuit jusqu'à ce que les roues touchent la piste de l'aéroport El Dorado à Bogota. Nous nous étions levés joyeux, sous le regard envieux de ceux qui ne descendaient pas, continuant sur Lima et Quito.

— Bon voyage ! Bon voyage ! leur disait Christian déchaîné, en gagnant la sortie.

— C'est dans la queue des avions qu'il y a quelquefois des survivants, répétait-il encore dans le taxi qui nous ramenait à l'hôtel. Pensez-y demain…

Accoudé au balcon du dixième étage, je rêvassais, en fumant, devant les lumières de la ville. Christian s'était approché derrière moi sans faire de bruit, m'avait saisi par les jambes, et avait fait basculer la moitié de mon corps dans le vide avant de me reposer et de s'enfuir en riant. Terrifié puis furieux, je l'avais poursuivi d'une pièce à l'autre, sautant par-dessus les lits et les tables basses du salon… J'avais fini par me calmer, il fallait bien se reposer quelques heures, puisque nous devions voyager tôt sur une compagnie, SAM, que Christian, pour m'aider à m'endormir, avait baptisée SAMU.

Au matin, en survolant Medellín à basse altitude, nous passâmes au-dessus des arènes où Christian devait toréer le lendemain. En apercevant les petites taches noires des toros, je sentis que j'avais là ma vengeance.

— Christian ! Regarde les corrals. Les toros sont énormes ! *¡ Qué pitones !*

Il se pencha immédiatement vers le hublot, inquiet, et je pus à mon tour éclater de rire…

— Un partout, *cabrón !*

◆

Mexico, 28 janvier 1979. Une demi-heure avant le début de la corrida, la voiture de *cuadrilla* arrive en vue des arènes. Posé sur sa planche à roulettes, levant ses bras musclés, les mains sanglées dans des gants de cuir noir, le cul-de-jatte attend la voiture des toreros, trente mètres avant l'entrée de la plaza Méjico.

— Matador, matador ! On fait la course jusqu'à l'entrée ? dit-il à Christian qui s'est arrêté à sa hauteur pour lui serrer la main.

— D'accord, on y va !

— *¡ Uno, dos, tres !*

Notre chauffeur fait rugir le moteur, et la course commence. La planche à roulettes démarre en zigzags puis prend de la vitesse, propulsée par les bras si puissants de l'infirme qui martèle le sol de ses mains, et passe le premier en hurlant sous l'imposant groupe de toros et de chevaux en bronze qui surplombe la porte principale des arènes. La foule applaudit à tout rompre.

— Matador ! Matador ! J'ai mérité l'oreille ? dit-il.

— *¡ Las dos, y el rabo, fenómeno !* lui répond Christian.

— *¡ Gracias, matador ! ¡ Suerte, mucha suerte !*

Entre les grilles du portail qui se referment, Christian fait un signe de la main et sourit une dernière fois à l'homme essoufflé. La voiture s'enfonce dans le tunnel qui descend en spirale jusqu'à la piste, et l'obscurité nous ramène brutalement aux toros…

Visitante, le toro de la confirmation d'alternative était trapu, la tête comme enfoncée dans les épaules. Je craignais cette absence de cou : le toro risquait de garder dans les charges sa tête à mi-hauteur, interdisant de toréer par le bas et de lier lentement les passes, unique façon de plaire à l'exigeant public de la capitale. Christian, très impressionné par les arènes géantes, était tendu, nerveux : il craignait plus que tout l'échec. Lorsque Manolo Martinez et Dámaso González lui confirmèrent l'alternative, il n'entendit qu'une tiède ovation de pure politesse. Avant, avec la cape et les banderilles, après avec la muleta et l'épée, un silence glacial entrecoupé de quelques sifflets impatients accompagnèrent son travail. Le toro gardait la tête haute, donnait des coups de corne, ne permettait rien d'autre que de courtes séries de passes rapides et inintéressantes pour le public. Ce silence persistant provoquait chez Christian un découragement qui marquait durement son visage. Lorsqu'il revint à la barrière, après la mort de ce premier toro, il me confia d'une voix lasse :

— Je suis fini, je crois que je suis usé, incapable…

— Mais non, Christian, pas du tout ! Tu as bien vu que le toro ne valait rien, qu'il chargeait mal… Il ne donnait même pas l'impression d'être dangereux… Comment voulais-tu faire une *faena* qui te plaise et accroche le public ? Attends le second, sois confiant, je suis sûr que tu vas avoir de la chance.

Christian avait l'air malade.

— C'est trop dur, j'en peux plus…

Jusqu'au dernier toro de la journée, sombre, il n'était retourné en piste que pour placer les toros face aux chevaux des picadors. Il n'avait même pas essayé de faire le moindre *quite,* pour se remettre en confiance ou tenter de retourner la situation. Le public avait été très dur, froid et injuste avec Dámaso, qui avait pourtant pris des risques considérables face à deux toros impossibles. Manolo Martinez avait peiné, lui aussi, pour tenter sans succès d'intéresser le public, décidément de très mauvaise humeur. Mais Manolo et Dámaso ne montraient rien de leur déception. Impassibles, presque indifférents, ils commentaient en quelques mots l'absence de qualité des toros puis se taisaient, comme étrangers à ce climat hostile…

Au quatrième toro, distrait et fuyard, Manolo Martinez avait pris tout son temps ; il se déplaçait lentement, cherchant le meilleur terrain, la meilleure distance. Les sifflets du public semblaient ne pas le déranger. Soudain, alors que plus personne ne s'y attendait, il avait réussi à faire perdre son calme à ce toro et avait lié sans bouger d'un centimètre trois longues passes au ralenti, qui avaient fait rugir les arènes. Devenu attentif, le toro, si distrait jusqu'alors, regardait maintenant fixement la muleta. Son comportement changea spectaculairement : il s'élança avec force, et Manolo Martinez, un sourire au coin des lèvres, broda sur cette série de charges des passes magnifiques, majestueuses. L'arène était au rouge vif et depuis le *callejón*, nous ressentions tous l'émotion de ses olés interminables, scandés par des dizaines de milliers de spectateurs. Il tua bien, et une oreille à la main, entreprit un lent tour de piste sous une pluie de sombreros.

Christian, qui n'avait pas dit un mot pendant toute la *faena*, murmura avec infiniment de tristesse :

— C'est un grand torero !

Le sixième toro avait été, comme les précédents, débaptisé et s'était vu affublé d'un nouveau nom, Buen Pastor, en l'honneur du pape en visite à Mexico, et dont la presse avait un peu hâtivement annoncé la possible venue aux arènes ! Buen Pastor avait une charge magnifique. Il démarrait lentement, augmentait progressivement sa vitesse puis, de toute sa rage, poursuivait Christian, qui banderilla trois fois, dessinant trois immenses demi-cercles au bout desquels, les cornes sur la poitrine, il clouait des banderilles rouge et argent qui restèrent jointes et verticales sur le garrot de l'animal. Le public se leva pour une ovation délirante. Avec la muleta, Christian, enfin libéré, toréa le corps très droit, lentement, les mains basses, et chaque passe était ponctuée d'un olé sourd qui devait, comme à nous, lui donner la chair de poule… Le toro ne garda pas longtemps son agressivité, et finit par se réfugier le long des planches, refusant le combat. Mais la partie était gagnée, le public applaudissait à tout rompre, Christian se sentait à nouveau torero.

Avant le tour de piste, les journalistes lui disaient :

— Bravo torero ! Tu as trouvé le rythme et le goût du public de Mexico…

Dans la voiture qui nous ramenait à l'hôtel, Christian rayonnait de bonheur et demandait à ses banderilleros mexicains :

— J'espère que je vais retoréer ici ?

— *¡Mucho, matador! Muchos años, si Dios quiere!*

Parfois, une voiture nous doublait et les occupants sortaient le bras à la portière, secouant leur poing serré et criaient à Christian :

— *¡ Nimeño eres muy buen torero ! ¡ Hasta pronto !*

Fixées sur de petits écussons de bois, Christian gardait, naturalisées, les oreilles coupées dans les arènes de Mexico. Lui qui n'attachait pas d'importance aux trophées, qui donnait sans regret les costumes de ses après-midi de triomphe, qui ne gardait pas les coupures de presse et ne s'intéressait aux photos et aux films de ses corridas que pour les étudier sur un plan technique, voulait peut-être avec cette exception se souvenir toujours de l'arène où il s'était cru perdu…

◆

Mexico, mars 1982. Au deuxième *pinchazo*, Christian secoue la tête, serre rageusement le poing avant d'aller reprendre l'épée que le banderillero lui tend. Il se replace face au toro, l'épée pointée sur le garrot, et son visage se durcit. Il laisse tomber la muleta à ses pieds, comme un tapis, sur lequel il marche pour aller se jeter entre les cornes, enterrant l'épée jusqu'à la garde. Le choc est violent. Christian est soulevé du sol, mais il se redresse et s'immobilise, les bras levés, pendant que le toro, un instant figé, tousse, baisse la tête, tressaille, puis tombe lourdement sur le côté, mort. Christian ferme les yeux une seconde, et les rouvre pour voir tout le public debout.

◆

Les toreros et les invités sont debout, accrochés les uns aux autres à l'arrière de la Jeep. À leurs pieds, deux longs pains de glace enveloppés dans des sacs de jute et, pêle-mêle, les capes, les muletas, les épées, des caisses de bières, des lassos et tout un bric-à-brac de paquets et de boîtes. Le ganadero est au volant. Il semble prendre plaisir à faire tanguer son véhicule et ses passagers sur le sentier caillouteux et sinueux bordé d'une double rangée d'énormes cactus candélabres. Nous partons vers la petite arène que nous apercevons au loin, minuscule sur le flanc de la colline. C'est là que nous passerons toute la journée pour tienter des vaches et un toro.

Derrière nous, Christian et un groupe de cavaliers nous suivent, le visage enfariné de poussière. Soudain, ils poussent des cris aigus, lancent leurs chevaux au galop et s'engagent dangereusement dans l'étroit passage entre la voiture et les cactus.

— *¡Se van a partir la madre!* crie le ganadero, ils vont se casser la gueule!

Christian et les cavaliers passent en trombe, puis se retournent en hurlant de joie, ravis de nous voir, à notre tour, croquer la poussière. Nous traversons maintenant un sous-bois sec et sablonneux. La chaleur est torride. Soudain, une idée inquiétante me traverse l'esprit. Si quelqu'un, aujourd'hui, venait à être blessé dans ce désert, si loin de tout secours et de tout médecin…

Nous apercevons enfin distinctement les murs circulaires de la petite arène faits d'un entassement de gros cailloux noirs. La piste est recouverte d'herbes jaunes que j'imagine craquantes comme des chaumes. Dans une étroite bande d'ombre, le long du mur des corrals, des femmes sont assises. Elles surveillent un grand chaudron noir, posé sur quatre cailloux dépassant d'un lit de braises, dans une délicieuse odeur de viande mijotée. Des petits piments verts affleurent à la surface de la sauce brune. Finement découpée, la viande et les abats du cochon, tué le matin même, finissent de cuire dans le sang, les épices et les herbes. Une paysanne tourne lentement le ragoût avec une perche de bois. Nous prenons place sur les pierres brûlantes de la petite arène et, dans le silence, la *tienta* commence. Autour de nous, à perte de vue, une mer de cactus, et mêlé au chant des oiseaux, le meuglement d'un toro invisible dans le lointain. Et puis, la voix étrangement douce du picador qui vouvoie la vachette.

— Venez, venez prendre une autre petite pique !...

Vaillante, elle s'élance, puis pousse de toutes ses forces, insensible à la pique qui lui blesse le garrot.

— Vous voyez, lui dit le picador souriant, ce n'est pas si difficile !...

Les toreros et leurs capes disparaissent dans les *burladeros* pour laisser sortir le toro. Il est fort, musclé et puissant. Très brave, il charge avec impétuosité. Le silence est total lorsque le picador le provoque de loin.

— *¡ Toro ! véngase por favor !*

Et lorsque, après une course de dix mètres, il vient encore une fois s'écraser sur le cheval du picador, l'éleveur exalté se lève :

— *¡ Qué toro, dios mío ! ¡ Qué toro !... Nimeño, lo vas a torear ahora...* Tu vas voir, il va être immense !

Christian, en effet, profite de la charge magnifique pour lier d'interminables séries de passes. Comme toujours, lorsque les choses se passent bien, je suis ému.

Christian et le toro ne se quittent pas des yeux. Nous sentons confusément qu'une sorte de grande et belle harmonie nous lie tous étroitement les uns aux autres.

— *¡ Gran toro, gran torero !* crie l'éleveur déchaîné.

Nous faisons une première longue pause avant de continuer la *tienta*. Les bouteilles de bière ne sont pas encore bien fraîches, et nous sommes nombreux à nous rabattre sur le *tequila*. Le ragoût est brûlant, piquant, délicieux. Nous en remplissons nos tortillas de maïs et mastiquons avec un appétit féroce, les lèvres en feu. L'éleveur aperçoit Christian qui boit de l'eau.

— *¡ Matador, tómese un tequilito !* Même saoul, un bon torero reste un bon torero, plaisante-t-il en lui tendant un verre.

Christian est rayonnant de bonheur. Il a pris une guitare, il joue et il chante avec tout le monde. Il mâche du citron vert, boit du *tequila* en riant à pleines dents. J'ai oublié mes inquiétudes. D'ailleurs, tout le monde se fiche complètement de ce qui peut bien arriver. On est bien, très bien. *¡ Viva Méjico y viva los toros !*...

Lorsque nous remontons dans la voiture la *tienta* finie, Christian et les *vaqueros* galopent follement devant nous. Ils font la course. J'ai le sentiment avec cette merveilleuse journée que la chance est avec nous, et que de formidables aventures nous attendent. Arrivés au rancho, l'éleveur ne veut pas nous laisser repartir avant d'avoir bu un dernier verre, et nous avoir décrit dans le détail la formidable vie du toro qu'il gardera comme étalon, et dont l'occupation désormais consistera à courtiser les vaches. Bien plus tard, nous finirons par remonter dans notre voiture et rentrer à Mexico.

Sur la route, Christian s'arrête pour acheter d'énormes *lechosas*. Il est allé discuter avec le marchand assis sur le bord de la route à côté de sa montagne de fruits. Je le vois sortir des billets et ramener, deux par deux, dix *lechosas* grosses comme des citrouilles. Nous ne savons plus où les mettre. Chacun, sauf le chauffeur, en a une sur les genoux, une à ses pieds. D'autres sont entassées sur la lunette arrière et s'écroulent sur nous au moindre coup de frein, ce qui nous fait hurler de joie. Dans la nuit, devant l'hôtel Palace à Mexico, Christian a trouvé un couteau, et tient absolument à nous faire goûter son achat, dont il nous a vanté, pendant tout le parcours, le goût exquis et les vertus digestives. À minuit, abrutis de fatigue et d'alcool, nous montons nous coucher. Le lendemain matin, en me levant, encore un peu étourdi, je trouve le lit de Christian vide et je bute sur un parfait alignement de *lechosas* qui commence devant le poste de télévision, et barre toute la pièce, y compris la salle de bains, en un parfait demi-cercle. Christian est déjà parti à l'entraînement…

◆

Moyennant une petite *mordida*, les picadors ont obtenu du chauffeur l'autorisation de poser dans le couloir central du bus les longues hampes de bois de leurs piques, liées en botte. Ils se méfient, m'ont-ils dit, de ces impresarios de province capables de leur fournir des manches à balai : nous nous rendons à Mérida, dans le Yucatán, une arène réputée pour la présentation souvent redoutable de ses toros. Le bus est plein à craquer, et chaque voyageur semble avoir emporté avec lui tout un déménagement. Le car, en démarrant, a craché son habituel nuage de fumée noire et le chauffeur s'est signé lentement, puis il a embrassé son pouce posé en croix sur son index. Il fait encore nuit lorsque nous quittons la gare routière pour traverser l'interminable banlieue de Mexico. Nous calons nos visages contre les dossiers des fauteuils, et peu à peu, le sommeil nous fait oublier l'âcre odeur du désinfectant.

Avec le jour qui se lève, le chauffeur allume la radio, et le car s'emplit du rythme sourd des guitares. Les paroles s'envolent, rebondissent très haut dans le cuivre des trompettes et les plaintes des violons, et nous ouvrons les yeux sur un paysage dur de cactus et de rochers éclatés. *¡No vale nada la vida! ¡La vida no vale nada! Empieza siempre llorando, y así llorando se acaba…*, la vie ne vaut rien, elle commence toujours par des pleurs, et c'est toujours ainsi qu'elle se termine.

Ce Mexique, que nous parcourons depuis des mois d'arènes en ganaderias, me touche infiniment. Peut-être parce que nous y réalisons un rêve d'enfant, et que ces villes et ces villages que nous traversons, nous les connaissons depuis l'époque lointaine où nous entourions d'un cercle rouge sur des cartes de géographie le nom de ceux qui possédaient une arène.

Ma voisine est indienne. C'est une très vieille dame. Son visage est ridé, et les deux longues nattes noires de ses cheveux se découpent sur son pull-over rose layette. Elle est chaussée de sandales de cuir, et sa robe multicolore est faite de plusieurs tissus habilement cousus entre eux. Elle tient à la main une cuisse de poulet rôti dont elle arrache délicatement de petites bouchées qu'elle mastique avec lenteur. Avec l'ongle bombé et dur de son pouce, elle pèle une orange verte dont l'odeur emplit tout le car. Dans les champs de *maguey* qui défilent, de petits ânes maigres trottinent, les pattes raides sous le poids d'un enfant aux pieds nus, d'un vieillard tout habillé de blanc.

Parfois, une voiture nous double dans un hurlement de klaxons, et notre bus freine brusquement pour éviter qu'elle aille s'écraser sur celle d'en face. Quelques insultes, murmurées entre les dents, montrent l'agacement des voyageurs. Les discussions s'animent. Les hommes se lèvent, font des allers-retours dans le couloir pour se dégourdir les jambes. Les femmes, elles, ne bougent pas. Maintenant, nous sommes tous attentifs, car c'est nous qui nous lançons dans le dépassement d'un gros camion, au milieu d'un nuage de fumée noire qui nous empêche de voir. Côte à côte, les deux véhicules luttent longuement, et nous sommes tous penchés en avant comme pour aider à la manœuvre. Dans un dernier coup d'accélérateur, notre bus passe devant, se rabat, et le klaxon rageur du camion vaincu provoque des cris de joie et les félicitations volent vers notre grand chauffeur.

Nous n'allons quand même pas voyager comme des bœufs : premier arrêt pour manger, mais surtout pour boire, car la chaleur est déjà très forte. Une foule de marchands nous attend sur le bord de la route, avec leurs plateaux d'*enchiladas*, de fruits, de pâtisseries.

— *¡A la orden, señor, a la orden!*

L'unique salle de la bicoque en bois où nous entraîne le chauffeur résonne du seul bruit d'un vieux ventilateur. L'air tiède sent la galette de maïs et la bière.

Au fond du jardin écrasé de soleil, l'odeur de chiottes est terrible. Avant d'entrer dans la fournaise, on emplit ses poumons d'air, on bloque sa respiration, le temps de pisser de toutes ses forces et de ressortir précipitamment, essoufflé et doublement soulagé.

La route de nouveau, et le soleil implacable, et les vitres du vieux car qui ne s'ouvrent pas. Nous sentons la sueur dégouliner sous nos cheveux humides. Nous envions le chauffeur, imperturbable, à côté de sa vitre baissée. Il a gardé son chapeau sur la tête, et ses médailles, dans les virages, se balancent sur son torse. Christian, assis, a fini par poser ses pieds nus contre la vitre, puis il a poussé de toutes ses forces. Dans un grincement qui fait sursauter tout le monde, la vitre coulisse sur son cadre, et une grande bouffée d'air tiède vient délicieusement se glisser sur nos corps moites et brûlants. C'est un cri général de satisfaction, et une ovation à laquelle Christian, joyeux, répond en souriant, le menton levé dans le courant d'air.

À l'approche de Mérida, les phares du bus font surgir de la nuit une affiche où nous lisons en lettres de sang :

Seis torazos del Romeral

Manolo Martínez, Curro Rivera, Nimeño II

◆

Le regard de Christian glisse le long de la lame de son épée et va s'arrêter sur le garrot sanglant du toro. Le public fait silence. Que dois-je regarder ? Les cornes – si pointues ? La pointe de l'épée ?

— Toro ! Toro ! dit Christian d'une voix claire, avant de s'élancer sur lui en allongeant le mot.

— Toorooo !

Je plisse les yeux, pour voir et ne pas voir la lame disparaître dans le corps de l'animal ou bien la corne frôler le corps de Christian, déchirer parfois le costume, laissant apparaître l'étoffe blanche de la chemise ou du collant. Et mon regard ne se détache plus de ce bout de tissu, dans la crainte qu'il ne se teigne soudain de rouge sang.

◆

En une seconde, la corne a disparu sous sa chemise, peut-être a-t-elle horriblement pénétré tout entière dans sa poitrine. Secoué, jeté au sol, Christian s'est relevé péniblement, le costume en lambeaux, commotionné mais miraculeusement indemne.

Alors qu'il réclamait une muleta pour retourner face au *novillo*, un banderillero l'a retenu et lui a dit :

— Attends ! Ne te précipite pas, le public te croit blessé… profites-en !

Comme insulté, il l'a regardé en secouant la tête avec consternation. Il avait quinze ans.

Contre l'avis de tous, quelle que soit l'intensité de ses souffrances, Christian refusait toujours de tricher, de s'attendrir sur lui-même.

Je l'ai vu, à Logroño, fermer lentement un à un les boutons de sa *taleguilla* sur quinze points de suture.

À Orthez, pressé de quitter l'hôpital pour se rendre aux arènes, le visage tuméfié, le nez fracturé après un accident de la route.

À Nîmes, s'habillant de lumières dans l'odeur d'éther des drains que l'on venait de changer.

À Madrid, faisant retailler ses costumes, tant il était amaigri par plus de deux mois de soins à la suite d'une chute à l'entraînement. C'était une folie que d'affronter la dure corrida de Pablo Romero. C'est ce que lui dirent les médecins lorsqu'ils soulevèrent le pansement protecteur gorgé de sang, et qu'ils découvrirent avec stupeur les os de l'articulation du coude sous une fragile greffe de peau, que le deuxième toro, d'un simple choc, avait fait éclater comme un fruit mûr.

À Madrid encore, blessé dès les premières passes de muleta, il avait toréé et tué le toro de sa confirmation d'alternative avant de rejoindre l'infirmerie sous l'ovation. À l'issue de l'opération, le docteur García de la Torre déclarait :

— Que Nimeño ait pu continuer en piste, avec les dégâts provoqués par la blessure me stupéfait, tant la chose me paraît impossible.

Au Mexique, à San Luis Potosí, Christian, malade, s'était obstiné à participer à une corrida prestigieuse dont on avait voulu l'écarter. Seule une importante série de triomphes avait fini par imposer son nom à l'affiche. Parti de l'hôpital contre l'avis des médecins, il s'était présenté au *paseo*, très motivé mais livide, épuisé par une fièvre paratyphoïde. En l'apercevant, les deux toreros vedettes du *cartel* avaient plaisanté, l'imaginant tout juste sorti d'une fiesta…

— Trop de *tequila, amigo* ! Trop de *pulque* !

Christian n'avait pas répondu, mais une grande rage intérieure l'avait soutenu pour affronter brillamment ses deux toros. Au second, il avait été magnifique. Ruisselant de sueur, les cheveux collés au front, il avait toréé très lentement, admirablement, terminant la journée dans l'apothéose avec deux oreilles qu'il brandissait, radieux, pieds joints au milieu de la piste. De retour dans le *callejón*, il avait soudainement retrouvé sa faiblesse, il claquait des dents. À son *mozo de espada* qui le félicitait avec effusion, il répondit, sans colère maintenant, mais en désignant ironiquement ses compagnons de *cartel* :

— C'est sûrement, grâce au *tequila* et au *pulque* !

Comment cet homme si dur pouvait-il être aussi la personne fragile, tendre, hypocondriaque et pleine de doutes, d'avant les corridas ? Le mystère de cette dualité me bouleversait et m'inquiétait. Je comprenais trop bien le romantisme de ses actes. Le sens de l'honneur, l'amour-propre, le panache étaient les qualités du torero que je n'avais pas eu le courage de devenir. Que Christian mette ainsi sa vie en jeu pour se donner corps et âme à ce rêve trop grand pour moi m'était très vite devenu insupportable. Je me croyais coupable. Au cours des années, pendant les milliers d'heures passées ensemble à parler de la tauromachie, j'avais esquissé devant lui le portrait d'un torero idéal, un véritable héros que Christian maintenant s'entêtait à faire vivre… Moi aussi, j'avais été blessé, j'avais triomphé, j'étais même mort plusieurs fois, héroïquement, dans les arènes tièdes de mes rêves, celles où les toreros ratés s'inventent une vie. Mais les rêves de Christian étaient sérieux : chaque jour il les provoquait, les mettant au défi de ne pas s'accomplir. Lorsque j'avais voulu lui expliquer qu'il allait trop loin, je l'avais agacé, mais surtout déçu.

— Je fais ce que je veux avec ma vie, m'avait-il répondu, excédé…

Pour ne plus le décevoir, j'appris à me taire, à regarder en silence avec quelle férocité il s'imposait ces épreuves qui me crevaient le cœur.

En pleine saison, lorsque les corridas se suivent, la peur n'a plus le temps d'occuper tout l'espace. Elle se heurte aux habitudes du groupe et perd de son pouvoir. En allant aux arènes, on se répète d'anodines et rassurantes recommandations : après la corrida, on ne perd pas de temps. Avec un peu de chance, en partant vite on pourra se retrouver à minuit chez Miguel, et là, *señores,* nous mangerons le meilleur jambon d'Espagne…

Après la course, avec la nuit qui tombe, c'est le va-et-vient des valises et des sacs que l'on descend des chambres, c'est le hall de l'hôtel que l'on traverse rapidement les cheveux encore humides de la douche, pour rejoindre à nouveau la voiture devant la porte, signer au passage quelques autographes et démarrer vitres baissées, pour laisser pénétrer la fraîcheur délicieuse qui efface la canicule de l'après-midi. Chacun plaisante, raconte, commente les incidents de la journée. On félicite le matador, on parle des toros, du public, du *sorteo,* bien ou mal fait… Et tous se réjouissent à l'idée de la grande table autour de laquelle, affamés, ils prendront place bruyamment. Le patron du restaurant criera en les apercevant :

— Alors, trois oreilles ! *¡ Enhorabuena !*

Lorsqu'ils se lèveront, le repas terminé, les : *« ¡ Suerte ! ¡ Suerte ! »* des clients qui auront reconnu les toreros les accompagneront de nouveau jusqu'à la voiture.

La tête calée par de petits coussins, ils écouteront les informations taurines à la radio. Elles seront le sujet d'interminables commentaires avant que chacun finisse par plonger dans le bonheur du sommeil.

Quelques arrêts pour mettre de l'essence, boire un café ou passer un coup de téléphone. Et pour ceux qui ne sortent pas de la voiture, dix minutes d'un sommeil plus délicieux encore, car immobile…

En pleine nuit, ou à l'aube, un autre hôtel, et parfois un concierge merveilleux, qui vous souhaite bonne nuit avec ces mots :

— On dit que vos toros pour demain sont *preciosos…*

Dans le lit, on s'endort quelques heures d'un sommeil tranquille qui, pour une fois peut-être, ne sera pas interrompu de meuglements caverneux grâce à l'image fugitive et rassurante de quelques toros *précieux…*

◆

J'imaginais que la mort, la crainte de la mort, cesserait de me tourmenter le jour où Christian n'affronterait plus les toros, un peu comme si, ayant échappé à la violence de l'arène, tout ce qui pouvait se passer par la suite en dehors d'elle serait nécessairement doux.

Chaque fois qu'un torero mourait, tué par un toro, les noms de tous ceux que nous avions connus défilaient dans notre mémoire, et nous en reparlions sans jamais évoquer ni la gloire ni la grandeur si souvent décrites dans les livres, les revues taurines ou les discours qui suivent toujours ces tragédies. Christian était convaincu depuis longtemps que la mort n'était rien qu'une horreur. C'était pourtant à sa rencontre qu'il allait, lorsqu'il s'habillait de lumières, c'était d'elle qu'il attendait étrangement une aide pour continuer à donner un sens à sa vie. Goya, Lorca, Picasso n'occultent rien de l'horreur de la mort, ils la peignent, l'écrivent en noir, là où tant d'autres, éblouis par le soleil, les couleurs, la musique, transforment le drame de l'arène en s'attardant trop sur son seul décor. Dans cet écrin rutilant, parée de phrases étincelantes, la mort finit maquillée, embellie, regardable. Je n'étais pas sensible à ces élégantes mystifications, à ces comparaisons grandiloquentes, je n'en saisissais pas la « poésie ». Cette sublimation de la mort, associée à la gloire, je n'arrivais pas à la comprendre, sauf lorsqu'elle allait droit au cœur de ceux dont la vie avait été bouleversée, et qui luttaient, pathétiquement, contre l'inacceptable, en se racontant des histoires, en s'accrochant désespérément à des idées que je respectais alors parce qu'elles étaient une sorte de calmant à leur désarroi.

Non, la gloire n'a rien à voir avec la fin de la vie. La gloire, c'est même justement le contraire : le triomphe de la vie sur tous les dangers, toutes les malchances. Par deux fois, j'étais descendu dans la piste des arènes de Nîmes pour assister aux adieux d'un torero à son rêve. La première, c'était pour Jacques Brunet, Jaquito, la seconde pour Lucien Orlewski, Chinito. Les deux fois, j'avais éprouvé un réel sentiment de tristesse car tous deux s'arrêtaient sans avoir épuisé pleinement leur passion. Ils quittaient une arène, celle où ils affrontaient quelquefois les toros, pour entrer dans une autre, celle de la vie, et je savais qu'ils perdaient tout au change. Je savais qu'avec le temps, cet adieu au rêve finirait par prendre la forme d'une cruelle mutilation.

J'avais alors pensé à Christian, et imaginé le jour lointain où, pleinement satisfait de sa vie, il aurait le courage de s'arrêter avant que les toros, toujours jeunes et forts, ne lui fassent prendre conscience du temps qui passe. Le temps qui l'affaiblirait et finirait insidieusement par imposer à son cœur l'image d'un torero fini. Les adieux de Christian, je les imaginais heureux, harmonieux, pleins d'une joie complice, je nous voyais riant tous les deux du bon tour que nous aurions joué au destin. J'imaginais la scène : Christian, en piste, entouré de toute sa *cuadrilla*. Moi, je ne verrais pas son visage, car je serais derrière lui, un petit ciseau à la main, je couperais lentement la mèche de cheveux jusqu'à détacher la *coleta* que je lui tendrais ; avant de lui donner une accolade, je lui aurais peut-être soufflé à l'oreille :

— Lance-la au public, le plus haut possible vers les amphithéâtres.

Et je suivrais le vol de cette petite boule noire vers les mains tendues cherchant à s'en emparer.

J'ai le souvenir de Curro Girón à la fin de sa vie. Il n'ignorait plus rien de l'ingratitude et des joies de son métier. Il en avait fait le tour, avait vécu l'exaltation et l'écœurement, et cachait sous des phrases cyniques ou ironiques sa nostalgie de vérité.

— Il faut, disait-il à Christian, leur prendre tout leur fric, et partir avant qu'ils ne s'en rendent compte.

C'était – je le comprenais ainsi – sa façon d'expliquer le luxe suprême : celui d'être envié pour quelque chose que nul ne peut se payer, qui ne s'achète pas, quelque chose qu'il faut aller gagner en s'exposant, à découvert, avec pour seule arme son courage et un réel don de soi. Ce but atteint, cette folie accomplie, il fallait savoir partir, ne pas prendre le risque de se retrouver à la merci des marchands de corridas, plus forts, plus habiles, plus malins que les toreros. Refuser toute souffrance inutile… Chacun son monde. Car, bien sûr, même s'ils se côtoient, il s'agit de deux mondes bien différents… « Eux, ils veulent seulement faire du fric, disait-il ; nous, nous voulons en plus comprendre la vie, notre vie… »

Curro Girón lucide, tourmenté par les années qui passent, qui usent, nostalgique du temps de sa gloire et de sa naïveté d'alors, mais toujours aussi prompt à jouir, à rire de la vie… Curro qui, les deux dernières fois où nous l'avions vu, avait fait rire puis pleurer Christian. Rire lorsque, se levant de table, il avait jeté une pièce de cinq bolivars dans la soucoupe et avait dit au garçon de café :

— Tiens, achète-toi un Boeing 747 !

Pleurer, le jour de son enterrement, où Christian fut bouleversé par la musique et les paroles d'*El Rey* chanté par les *mariachis,* comme l'avait souhaité Curro, pendant que son cercueil, porté par toute une foule, commençait une lente et poignante *vuelta* des arènes de Maracay. J'étais bien loin de me douter que ce souvenir me reviendrait, fort comme la mort, quelques années plus tard, et m'imposerait le choix de cette même musique pour l'enterrement de mon frère…

Mais alors, nous étions encore dans la vie, et bientôt repartis près de l'île aux Oiseaux. Dans quelques minutes la barque nous déposerait près de Playuelita. Christian déploierait sa cape sur le sable brûlant, Margarita attacherait sous les palétuviers le sac de langoustes puis fixerait les hamacs, j'apercevrais une tortue de mer prisonnière des rochers, les pélicans plongeraient dans l'eau verte pendant qu'une nuée de petits crabes disparaîtraient sous terre à notre approche… Plus tard, dans le froid de son dernier automne, j'ai imaginé un voyage où Christian aurait chaud, où il pourrait flotter sans effort dans cette eau tiède, où il oublierait peut-être son corps blessé… Mais il était dit que cette île resterait vierge de toute tristesse. Délivrée par une vague, la petite tortue était retournée à la mer…

◆

Le matin des corridas, Christian était parfois malade. C'était un début de rhume, des nausées, un peu de fièvre, une douleur musculaire. Il était inquiet, craignait de ne pas avoir assez de jambes pour banderiller les toros. Devant son visage souffreteux, ses traits tirés, je sentais l'inquiétude s'emparer de moi, et je lui disais :

— Il ne faut pas plaisanter avec ça ! Si tu es mal, j'appelle un médecin. Pas question de toréer si tu n'es pas en forme.

Il m'expliquait qu'il avait mal dormi, qu'il se sentait épuisé. Moi, j'arrivais tout droit du *sorteo*, avec dans la tête une tonne et plus de toros sauvages, le souvenir de longues cornes acérées, et la faiblesse de Christian me rendait encore plus insupportable la proximité de la corrida. Dans sa chambre d'hôtel, je l'écoutais mal à l'aise me décrire ses maux et les médicaments qu'il souhaitait que j'aille acheter, qu'il voulait très légers, pour ne pas risquer d'être diminué dans l'arène, car bien sûr il avait exclu immédiatement l'idée de ne pas toréer. Je lui décrivais les toros. J'exagérais volontairement leur poids, leur taille, leur force, dans l'espoir de le décourager, mais peu à peu, dans le crescendo de la conversation, Christian finissait par m'imposer comme toujours sa détermination.

— Écoute, me disait-il, j'irai voir un toubib demain si ça va pas mieux. Ne t'inquiète pas!

J'ai fini par bien connaître ce mécanisme qui consistait à donner un autre nom à sa peur de l'inconnu, du toro, de la foule, de la responsabilité, pour pouvoir en parler. Parler de cette angoisse de l'homme qui chaque fois redécouvre combien il est faible et fragile face à l'immensité de sa passion. Je comprenais et respectais profondément ce désir pathétique d'être compris et aimé dans ces moments-là. Je savais bien qu'après la corrida nous n'en reparlerions plus, mais que quelques jours ou quelques semaines plus tard il me dirait soudain:

— Tu te souviens, le matin de la corrida de Madrid? J'avais une peur terrible!

Et je me souviendrais alors de ce matin-là, où nous n'avions parlé que de sa fièvre, et de la pharmacie la plus proche.

Aujourd'hui il fait froid dans l'appartement. Dehors le ciel est bleu, un petit mistral glacé fait vibrer les moustiquaires… Cette journée ressemble à celle où j'ai appris ta mort. J'écris, j'écris encore, puis je cesse d'écrire car il me vient du dégoût à vouloir compliquer par l'écriture une vérité si simple : je suis mal, malade de ta mort.

Christian a dit… Christian a fait… Christian a pensé… Tous ces petits souvenirs inutiles pour masquer un moment ton insupportable absence. Je ne me supporte plus écrivant, t'écrivant ces morceaux du temps de ta vie, alors que je ne te reverrai plus jamais. Tout me paraît dérisoire… les corridas, les voyages, le passé, je m'en fous… Tous ces souvenirs que je devrais écrire ont moins d'importance que le petit morceau d'ongle que tu brisais parfois sur les cordes de ta guitare…

Est-il vrai que les ongles des morts continuent à pousser ?

Que dois-je garder ou cacher de l'histoire de ta vie ? Quel mensonge ou quelle vérité ? Rien n'est plus important qu'un seul de tes cheveux…

Il fait froid, le ciel est bleu, le soleil clair, et un petit mistral glacé me rappelle le jour où je t'ai vu mort.

Nîmes, 14 mai 1989. Dans les corrals, les toros de Guardiola formaient un lot imposant d'animaux de tous âges (4 ans, 5 ans, 6 ans). Leurs corps lourds, musculeux, semblaient plus puissants encore lorsque levant leurs cornes vers les passerelles d'où nous les observions, ils tremblaient de colère. Leurs regards vifs nous emplissaient de crainte et de respect.

Ce *mano a mano* avec Victor Mendes en pleine féria de Pentecôte à Nîmes était, une fois encore, le *cartel* populaire entre deux corridas de prestige. La vaillance reconnue des matadors-banderilleros trouverait bien là matière à s'exprimer, à faire du spectacle. Un spectacle dont les promesses, dans l'esprit de certains aficionados, n'iraient pas au-delà d'une démonstration de bonne volonté, teintée même, peut-être, d'une pointe de vulgarité.

Le matin de la course, nous nous étions promenés avec Christian dans les rues autour des arènes, courbant la tête sous les rafales de mistral dont nous maudissions la violence, imaginant ses effets dévastateurs dans les capes et les muletas.

Cette saison 1989, commencée au Mexique, poursuivie au Venezuela, s'était interrompue à la demande de José Luis Segura, le nouvel *apoderado* de Christian, qui lui avait demandé de renoncer à toute une série de contrats, de regagner l'Espagne pour entamer la saison directement à Madrid. Pour ce premier contrat important, Christian n'avait pu triompher. Le public et la presse, qui gardaient encore en mémoire sa magnifique *faena* à un toro de Victorino Martín, le 3 octobre 1988, dans ces mêmes arènes, avaient été déçus. Si Christian avait vraiment voulu ce nouvel *apoderado*, mon remplaçant, il fut pourtant dans un premier temps dérangé dans ses habitudes par les changements que Segura introduisit dans la composition de la *cuadrilla*, et dans la vie du groupe. Christian eut du mal à s'adapter, d'autant plus que depuis quelques mois déjà, il était entré dans une phase de réflexion extrêmement critique et désabusée. Il portait sur sa vie en général un regard pessimiste et douloureux. En avril 1989, lors d'un festival qu'il toréa gratuitement à Nîmes, avec Paco Ojeda et Marie Sara au bénéfice des sinistrés des inondations, il était encore dans cette phase de doute et de remise en question. Il lui avait suffi d'apprendre que Jean Bousquet, le maire de Nîmes, avait fait demander à l'orchestre de ne pas jouer son paso doble de crainte qu'Ojeda n'en prenne ombrage et se considère mal remercié d'une générosité dont il semblait avoir le seul monopole, pour que Christian se sente blessé, méprisé.

Or, ce matin du 14 mai, malgré ce vent terrible, Christian était pourtant heureux, et notre conversation allait vers les prochains contrats, surtout celui de Madrid, dans quelques jours, pour la féria de la San Isidro. Plusieurs succès, dont ceux de Nîmes et de Vic Fezensac, la veille et l'avant-veille, lui avaient rendu le sourire. Dans les voyages qui se suivaient, dans la chaleureuse complicité de sa *cuadrilla*, dans le plaisir intense de toréer à son goût, Christian avait puisé à nouveau énergie et confiance.

Lorsque Victor Mendes est resté allongé sur le sable, recroquevillé de douleur, tu as dû penser qu'en plus du toro qui venait de le blesser, tu devrais affronter aussi tous ceux de cette corrida, si mal commencée. Ton souhait jamais réalisé de toréer seul six toros, c'était ici, maintenant, dans l'urgence et la crainte.

Tous se pressent nerveusement autour de toi, effrayés par l'épreuve que tu vas affronter. Tous te parlent, te conseillent, t'encouragent, mais tu n'écoutes pas. Tes paupières se ferment quelques secondes, tu respires lentement, tu relèves la tête et portes ton regard terriblement tranquille vers le toro, là-bas, dont tu t'approches élégamment, comme étranger à toute l'inquiétude qui t'entoure.

Immobile dans les rafales du vent, tu ne bouges pas, le toro frôle ton corps, s'enroule autour de toi, se retourne vite contre tes jambes, et les passes s'enchaînent les unes aux autres, malgré la violence des charges répétées et puissantes qui peuvent t'emporter. Le triomphe, tu le sens déjà, dans le murmure du public, dans les cris de tes banderilleros :

— Bien Christian ! Bien torero !

Pour quelques centimètres d'amour-propre, tu ne recules pas et la corne heurte violemment ta cuisse, tu t'envoles dans les hurlements de la foule et tombes sous le mufle du toro. Les cornes frôlent ton visage, s'acharnent sur ton corps. Tu te relèves en criant : « Laissez-moi seul. » Laissez-moi seul vivre comme je le veux, sentir encore et encore le toro glisser contre moi, avant de me jeter droit sur ses cornes pour le tuer, puis porter les deux oreilles, et l'énorme ovation qui fait trembler l'arène jusqu'à l'infirmerie, où l'on soigne Mendes. Qu'as-tu pensé Christian, qu'as-tu senti au toro suivant, celui qui freinait dans les capes, semblait réfléchir, et décochait ces coups de cornes si dangereux ? Celui qui découvrit ton banderillero Paquito Cervantes derrière sa cape, et l'emporta à deux mètres du sol, la corne posée sur la poitrine. L'horrible vision ! Dans la même charge, il avait foncé sur le cheval du picador, l'avait soulevé, renversé, écrasé au sol avec son cavalier. Dans sa fuite éperdue, le picador était tombé avant d'atteindre la barrière et la panique s'était emparée de la piste et du *callejón* où Cervantes, le visage exsangue et ensanglanté, était porté dans l'angoisse vers les médecins. Pendant que tu prenais la muleta et l'épée, quelqu'un à deux mètres de toi – tu l'avais entendu – a dit :

— C'est dans la gorge ou la poitrine.

Je suis resté muet. Qu'aurais-je pu te dire ? D'être prudent ? De faire attention ?

Tu étais ailleurs, déjà orgueilleusement décidé à t'asseoir sur le marchepied, le dos collé à la barrière, juste devant la porte de l'infirmerie, à trois mètres de ce toro impossible, qui allait venir à petits pas, en biais, te clouer peut-être contre les planches. Elle servait à quoi, à qui, la grande peur qui bouillonnait en moi, et me tenait pétrifié, le dos plaqué contre le mur de pierre ?

Était-ce à ce toro, ou au toro suivant, ou à l'autre peut-être, que les rafales de vent semblèrent vouloir t'arracher la muleta des mains, découvrant ton corps au toro, et que je t'ai vu sourire ?

Quand ai-je pris conscience que tu boitais ?

Quand ai-je pensé : mais pourquoi banderiller encore puisque le public ne le demande plus, et que tu peux à peine courir ?

Cette histoire, Christian, me dépassait, elle n'était plus que la tienne, elle t'appartenait entièrement, intimement. J'avais cessé de te suivre derrière la barricade, prêt à sauter en piste pour te venir en aide. Bouleversé, je t'ai trouvé si grand lorsque tu as entraîné longuement, limpidement dans le cœur de ta muleta, cet énorme toro de six cents kilos. Et lorsque, dans le silence, tu n'as pas craint pour lui prendre la vie de lui offrir la tienne, lorsque tu as applaudi sa dépouille pendant son tour de piste, lorsque enfin les bras chargés de fleurs tu marchais lentement face au public debout en murmurant : « Merci, merci. » Je me suis laissé rassurer par le grand calme et la douceur de ton regard.

La peur que tu avais chassée de l'arène, m'est revenue soudainement au dernier toro, pendant les quelques secondes qui précédèrent sa mort. Il luttait, chancelait, l'épée enfoncée jusqu'à la garde dans son corps tressaillant, tu tendais ta main ouverte vers ses yeux agrandis et j'ai craint, dans ce moment d'abandon, que tu ne sois plus capable d'éviter une ultime charge furieuse, un dernier terrible coup de corne qui aurait pu te transpercer et te tuer, transformant le triomphe en tragédie, comme dans un mauvais roman.

Le jeune matador de ton rêve, souriant et beau dans son habit de lumières blanc et or, porté en triomphe avec le vieux *mayoral* d'une grande ganaderia, après avoir tout pris et tout donné à six grands toros de combat, c'était toi.

Cette « corrida des six toros », la dernière dans les arènes de Nîmes, fut le credo d'un grand torero, le symbole parfaitement compris d'une vie tout entière consacrée à une passion.

Dans l'intensité des combats – celui des toros faisant peser sans cesse le danger, celui de Christian contre le vent, contre lui-même – le public s'est vu contraint à une sorte d'examen de conscience. Après la blessure des deux toreros, après que Christian eut évité miraculeusement un nouvel accident, qui aurait pu souhaiter que l'hécatombe continue ? De toro en toro, Christian semblait s'emparer de la force de ses adversaires, se ressourcer en elle pour aller jusqu'au bout de son désir. Le public était passé de l'effroi à l'enthousiasme, puis à l'admiration dans une espèce de communion. Il cessa de regarder passivement pour voir, sentir, et se découvrir pleinement impliqué dans le vertige de la passion. Plaisir et douleur, joie et peur. Ivre de son étrange liberté, de son bonheur, Christian, à chaque instant de cette journée mémorable, rendait si rayonnante son immense passion qu'elle justifiait celle du public.

◆

Nous avions quitté Séville avant le petit matin, dans la nuit encore. Nous roulions vers le Portugal, à la recherche d'une ganaderia où Christian allait s'entraîner en ce début de saison. Nous rentrions d'Amérique. Il était beau, le visage bronzé. Je reconnaissais dans son regard, dans le calme de ses propos, sa soif d'aventures, sa joie de vivre. Le jour s'était levé très vite sur une petite route de campagne et le soleil face à nous nous avait soudainement éblouis. Christian souriant avait mis une cassette. Les notes graves de la guitare déchirant le silence, les paroles simples du chant – la lutte incessante de la lumière et des ténèbres, de la lune et du soleil – nous avaient, comme autant de petites blessures, émus puis éveillés au sentiment de la vie, la nôtre mêlée à toutes les autres. Ce soleil magnifique, ces quatre cigognes dans le champ, l'alignement des murs de pierre sur l'herbe verte et brillante, ces toros noirs sous les lambeaux de brume dans le lointain, ce tout petit nuage blanc presque rond dans l'immensité du ciel traçaient le somptueux décor de nos pensées.

Christian m'a dit :

— C'est bien de vivre comme ça !

Nous étions invincibles.

◆

Arles, dimanche 9 septembre 1989, dernière corrida de la féria des Prémices du riz. Christian est coincé dans l'entrée du *burladero*. Je suis derrière lui. Nous ne quittons pas le toro des yeux, et commentons à voix basse la *faena* d'El Boni et les réactions du Miura. Parfois, lorsque le torero semble en danger, Christian tressaille, et ses mains se crispent sur sa cape. Je le sens prêt à bondir.

— Le toro le cherche !

Nous sommes à la moitié de la corrida, Christian et Victor Mendes ont chacun affronté leur premier adversaire. El Boni s'approche maintenant de la barrière pour prendre l'épée de mort. Son visage ruisselle de sueur, mais il y a de la joie dans ses yeux, car il sait qu'il a bien toréé.

Dans quelques minutes va sortir en piste un grand toro gris. Il me fait déjà peur, mais je ne sais pas encore qu'il est celui que je redoute depuis toujours, celui qui va briser mon frère, et transformer le rêve en cauchemar. Depuis le matin, Christian sait que le toro est impressionnant, et que le public attend avec impatience sa sortie. Il se tourne alors vers moi, et dans un sourire me dit :

— Heureusement que je suis heureux dans l'arène !

Cette phrase étrange, inhabituelle – nous ne parlions que des toros dans la piste – hurle maintenant dans ma tête au milieu du silence de la salle d'attente de l'hôpital de la Timone à Marseille. Remplacée bientôt par une autre, entendue deux mois auparavant, une nuit de juillet, alors que nous roulions d'une arène à l'autre :

— Alain, ça fait longtemps que je n'ai pas reçu un « tabac » !...

J'avais croisé les doigts dans le noir et, mal à l'aise, j'avais répondu bêtement :

— Tu as déjà donné, non ?

Nous étions à la mi-saison et je pensais à tous les toros et toutes les arènes vers lesquels nous allions encore rouler, comme cette nuit, pour d'inquiétants rendez-vous. Je regardais défiler le ruban noir de la route le cœur serré, puis j'ai fini par me laisser peu à peu rassurer par la voix claire de Camarón de la Isla dont Christian avait glissé une cassette dans l'autoradio. La nuit, avec la musique et la fatigue, c'est à une autre tauromachie que l'on pense, et qu'on exprime d'un seul coup, après un long silence, avec des mots simples, les mots de l'obscurité qui finissent par s'effacer, s'oublier, changer parfois de sens lorsque enfin le jour se lève. La nuit, on pense aux toros d'une autre manière. On pense à ceux du lendemain, de la semaine prochaine, à tous ceux qui vous attendent quelque part dans le monde. Christian parlait souvent des attendrissants petits veaux qu'il aimait aller voir dans les élevages, peluches fragiles qui grandiraient et se transformeraient jusqu'à devenir les superbes et redoutables adversaires qu'il aimait et craignait en même temps. Les grands toros, dont le destin était peut-être déjà lié au sien pour de futurs combats toujours porteurs de mort.

La mort, elle est là, toute proche dans cet hôpital. Elle zigzague entre des mots nouveaux que je découvre, des mots vides qui flottent encore et que je remplirai de tout leur poids d'horreur pendant les jours et les semaines qui vont suivre. Assistance respiratoire, tétraplégie. Christian va peut-être mourir, et je veux de toutes mes forces qu'il vive, qu'il respire, qu'il bouge, qu'il coure sous la *bronca,* qu'il saute la barrière sous les insultes, mais qu'il vive, surtout qu'il vive ! Et quand on vient me dire que cette nuit d'orage, avec ses roulements de tonnerre et ses éclairs qui zèbrent le ciel est peut-être la dernière, je m'accroche à une phrase entendue un jour au Mexique :

— Pense fort à lui, recouvre-le de lumière…

« Nimeño entre la vie et la mort » : c'est le titre d'un journal que j'aperçois au petit matin en traversant le hall de l'hôpital, et qui résume si simplement et si complètement mon désespoir. Je suis penché sur son visage. Le bruit des appareils auxquels il est relié, le *bip bip* des cadrans, les chiffres qui changent dont j'ignore le sens, les sondes, les médicaments, tout un monde d'infirmiers qui me terrifie avant de me rassurer. Je suis penché sur le visage de Christian, et j'essaie de lire dans ses yeux. Peut-être fait-il de même dans les miens. Alors il faut parler, car j'ai l'impression qu'il me transperce, qu'il comprend mon angoisse comme je devine la sienne. Je parle sottement, en articulant bien, comme s'il ne m'entendait pas. Je lui dis qu'il revient de loin, que le pire est passé, puis je m'engouffre dans l'explication du code que nous devrons employer pour nous comprendre, puisqu'il ne peut pas parler. Dire oui ou non en battant des paupières. Je lui explique l'extérieur, les gens, je lui rappelle notre promesse de toujours nous dire la vérité, et je lui parle de son accident, des lésions dont il souffre, du traitement, du grand espoir qui s'annonce quant à sa guérison. J'apprends à me servir du petit aspirateur avec lequel on peut facilement nettoyer les mucosités qui s'accumulent au coin de ses lèvres, autour de la valve de la trachéotomie qui lui traverse la gorge. Et puis, la demi-heure de la visite passée, je l'embrasse, il me cligne de l'œil, et je jette dans le panier la blouse, le masque et les chaussettes que j'avais mis en entrant.

Marseille avait été longtemps pour nous synonyme de départs et d'arrivées. Marseille-Madrid, puis Caracas ou Mexico, et puis le retour à Marseille, et la route jusqu'à Nîmes, que nous retrouvions avec bonheur, si petite, si chaleureuse après nos grands voyages. Marseille où je m'entraîne à l'espérance, où je me dis qu'après ça, plus rien ne sera comme avant. Je repense au début de toute cette aventure, il y a plus de vingt ans, quand devant tous les sceptiques j'avais annoncé qu'il faudrait la mort tragique d'un torero français pour que nous soyons enfin pris au sérieux. Aujourd'hui, de toutes mes forces, je refuse que Christian soit celui-là !

Christian avait cessé de respirer à l'instant même où sa tête heurtait le sable des arènes. La longue corne fine du toro l'avait brutalement projeté en l'air, mais malgré la violence du choc, elle n'avait pas pénétré dans la cuisse pour le retenir et éviter cette chute verticale, lourde, qui lui avait brisé les vertèbres cervicales. Écrasé au sol entre les cornes qui frôlaient son visage, Christian ne bougeait plus. Pendant la course vers l'infirmerie, porté par les bras réunis des toreros et des amis, Christian pensait : « Je ne peux plus respirer, tout est fini, je suis en train de mourir. » Sur la table d'opération, son mutisme anormal, la fixité de son regard qui ne se détachait pas du mien me terrifiaient. J'avais alors remarqué avec effroi ses lèvres bleues, ses doigts bleus aussi, recroquevillés et inertes pendant que nous lui retirions avec peine son habit de lumières…

— Je crois qu'il n'a pas de coup de corne !

Mais les médecins ne cherchaient déjà plus les traces d'une blessure et commençaient leur course contre la montre, contre la mort dans laquelle Christian s'enfonçait, les yeux agrandis par le vertige de l'asphyxie. Anéanti par les bribes de conversation qui ne laissaient aucun doute sur l'extrême gravité de la situation, j'étais sorti pour expliquer à la *cuadrilla*, et à Federico affolé, le drame qui se jouait. J'avais entraîné Fede jusqu'à la chapelle pour lui dire :

— C'est encore là que nous serons le plus utiles.

Federico, les poings serrés, pleurait silencieusement. Vide de toute mémoire, je répétais les premiers mots d'une prière unique et presque oubliée. Ne pas montrer la peur affreuse qui me faisait trembler intérieurement, rester calme et attentif, parler posément pour qu'on ne me cache rien, qu'on me croie capable de tout entendre, ce sera ma lutte d'automate pendant le temps arrêté qui précédera la sortie de la civière.

Je l'avais suivie tout au long du tunnel sombre par où nous étions entrés quelque deux heures auparavant. Dehors, agglutinés autour de l'ambulance, penchés sur les promontoires et les escaliers de pierre, toute une foule silencieuse suivait des yeux le triste cortège. J'avais accompagné le docteur Sheiner dans sa voiture, et nous roulions maintenant vers Marseille. Ni dans l'infirmerie ni dans la chapelle, je n'avais ressenti aussi fort le poids du silence entre les quelques phrases que nous échangions. Il semblait s'élargir à perte de vue sur la plaine désertique de la Crau, dans le ciel rouge et noir vers lequel je levais parfois les yeux, pour tenter d'apercevoir l'hélicoptère qui transportait Christian. Christian, peut-être encore vivant…

Pendant quarante-cinq jours dans le service de réanimation à Marseille, puis pendant des mois à Cerbère, et enfin chez lui à Caveirac, la vie de Christian ne fut plus qu'une succession d'efforts épuisants pour lutter contre l'angoisse et le découragement.

Son espoir secret, sa force pour se battre jour après jour contre ce corps paralysé dont il était le prisonnier ne tenait pas au seul désir de vivre, mais à celui de retrouver sa vie d'avant, sa vie de torero. Cet espoir fou, pathétique, insensé, était pourtant ce qu'il avait de plus précieux ; en réalité, cette folie était sa seule motivation profonde, sa seule chance.

Dans les jours qui suivirent l'accident, une fois la mort écartée, nous apprîmes que Christian échapperait aussi à ce que j'avais le plus redouté : il ne souffrirait pas de lésions cérébrales ; il garderait, intacte, toute sa lucidité. Elle avait été sa force dans le passé, elle le serait encore dans la lutte aujourd'hui. Mais je savais qu'elle se transformerait en un redoutable poison dès l'instant où il cesserait de croire à son retour dans l'arène. Dès qu'il put se faire comprendre, se croyant à jamais infirme, ses premiers mots ne laissèrent place à aucun doute :

— Alain, aide-moi à mourir. Ne me laisse pas comme ça...

Heureusement, grâce aux soins et à leurs premiers effets spectaculaires, Christian se laissa persuader que le travail des médecins et une grande volonté personnelle ouvriraient une réelle chance à l'espoir. Il s'y employait obstinément. Mais parfois aussi le découragement s'emparait de lui devant la lenteur des progrès, il mesurait tout le chemin qu'il lui restait encore à parcourir, et sa lutte lui apparaissait alors dérisoire et désespérante.

— Mais pourquoi ce toro ne m'a-t-il pas vraiment tué ! disait-il avec rage.

La tragédie de son banderillero Ciriaco, cloué depuis des années sur un fauteuil roulant à la suite de lésions semblables aux siennes, le tourmentait au point de le faire pénétrer dans un monde si différent du nôtre qu'il fallait pour le comprendre et pour l'aider d'incessants efforts de patience et d'imagination. Une vigilance constante. L'arrêt brutal de sa carrière, au moment même où l'avenir s'annonçait plein de promesses, ajoutait à son désarroi. Il cherchait avec habileté et obstination à déceler dans les propos des uns ou des autres la faille qui le renseignerait sur ses chances réelles de s'en sortir. Il avait besoin pour continuer à se battre de croire qu'il pourrait un jour tout recommencer. Même ceux qui, un temps, en eurent pleinement conscience, finirent par l'oublier et

Christian, privé de rêve, cessa dès lors d'avoir vraiment peur de la mort…

Il était arrivé très vite, trop tôt, à la conclusion qu'il disposait d'un maximum de deux ans, un délai au bout duquel de nouveaux progrès deviendraient improbables. Il ne cessait de m'en parler, et moi de le rassurer, de lui mentir. Il devait – m'avait-on expliqué – faire au plus vite « son deuil », c'est-à-dire se résigner à accepter une vie de handicapé. Le deuil accompli, il pourrait alors peut-être construire une nouvelle vie sur les décombres de son passé. Tout cela me paraissait logique, plein de bon sens et d'intelligence, mais je restais persuadé qu'il était trop tôt pour le lui dire, et que l'on prendrait un risque énorme à le lui laisser penser. Cette obsession de retoréer, ce but, Christian devait, d'après moi, la garder le plus longtemps possible. Ce devait être le fil conducteur de sa rééducation. Je savais bien qu'un jour viendrait où cet espoir cesserait, mais en attendant, Christian aurait progressé, repris des forces pour entreprendre avec quelque chance de succès le dernier combat, le plus difficile : imaginer sa vie sans les toros.

Janvier 1990. Dans le centre de rééducation de Cerbère, la chambre de Christian, dont nous ne pouvions pas imaginer qu'elle deviendrait un jour celle de Julio Robles, est éclairée par une grande baie vitrée d'où nous voyons la mer, et quelques rochers noirs déchiquetés sur lesquels les vagues viennent exploser en gerbes d'écume blanche que le souffle du vent entraîne en pluie et qui cloque la surface lisse de l'eau. Parfois, au loin, nous apercevons un bateau que nous suivons du regard jusqu'au moment où il se fond dans les vagues. Les mouettes se laissent porter par le vent, immobiles, puis s'élèvent à grande vitesse, emportées à la verticale par une bourrasque, pour disparaître elles aussi de notre vue avec des cris grinçants qui nous agacent. Et nous restons là, silencieux, chacun perdu dans ses pensées.

Christian a fini par s'endormir. Je regarde ses mains, enflées, son visage, creusé par la fatigue. Sur le cou, les cicatrices de l'opération, de la trachéotomie, de la blessure de Guadalajara. Je me lève et, sur la pointe des pieds, je vais jusqu'à la salle de bains, les yeux pleins de larmes. Avant de m'asperger le visage d'eau fraîche, je me regarde dans la glace, et je pense :

— Ta gueule ! Celui qui souffre, ici, c'est lui !

Les journées sont longues, et la vision continue de tant de drames, de tant de souffrances finit par épuiser. Il y a bien sûr des choses pratiques à faire : coiffer Christian, le raser, lui donner à manger comme à un enfant, à la petite cuillère, et puis parler, essayer d'élargir par l'imagination ce monde désormais tellement rétréci.

Les jambes bandées de haut en bas, une minerve fixée sur le cou et les épaules, le bassin et le ventre serrés dans une large bande élastique, nous le soulevons tous les jours, à deux ou à trois, pour l'asseoir sur un fauteuil. Dans cette position qu'il ne connaît plus depuis des semaines, il souffre, la tête lui tourne, il transpire. Dix minutes d'abord, puis un quart d'heure, et une demi-heure. En même temps, il réapprend à respirer, et sa capacité pulmonaire passe d'un litre à un litre deux, puis à un litre cinq ; l'air propulsé dans ses poumons par un appareil électrique sort parfois en sifflant de l'orifice incomplètement cicatrisé de sa trachéotomie, et Christian me regarde : « Je suis comme une passoire », dit-il. Il souffre de la toilette, qu'il ne peut faire lui-même, et les soins quotidiens le mettent hors de lui. Il les ressent comme un insupportable rappel de son impotence qui le tourmente. Je lui lis le courrier, nous écoutons des cassettes que des gens nous envoient. Des centaines de messages qui affluent de partout. Et lorsque de ces lectures surgit un sujet de conversation, un souvenir, j'ai le sentiment que tant de pensées bienveillantes, tant de souhaits pour qu'il guérisse, tant de gentillesse forment autour de lui une sorte de protection contre le malheur qui peut toujours surgir, revenir. Comme ce jour où il s'est senti soudainement glacé et grelottant, et que les médecins se sont précipités dans sa chambre pour ressortir quelques minutes plus tard et déclarer, enfin souriants : « Ce n'est rien ! » En quelques secondes, l'attente du pire m'avait complètement abattu. La peur vivait en moi depuis si longtemps qu'au moindre doute, au moindre incident, elle se réveillait et m'assourdissait de ces bourdonnements que je connaissais bien et qui me faisaient sortir le cœur de la poitrine.

Christian est encore paralysé mais l'espoir est là, quand même, avec ses petites bonnes nouvelles que j'ajoute les unes aux autres : un début de collection que j'espère un jour merveilleuse. Je rêve de Christian s'appuyant sur son bras gauche pour lancer son corps au-dessus de la barricade, atterrir d'un bond dans le *callejón* et réapparaître en piste, sautillant sur la pointe des pieds, les bras levés dans l'ovation !

Le soir, après le dîner, nous regardons la télévision et nous parlons encore jusqu'au moment où j'accroche les barrières de protection de chaque côté du lit et j'installe Christian dans une difficile position, en le calant avec divers oreillers pour qu'il ne risque pas de se mettre à trembler dans ces crises de spasticité qui le laissent épuisé de rage et d'angoisse. J'approche le téléphone. Je fixe avec du scotch la sonnette à portée de ses doigts, et j'attends qu'il s'endorme pour m'habiller. Il fait nuit, je sors de l'hôpital et me dirige avec une grosse lampe électrique à travers les sentiers de la colline qui me mènent jusqu'à une petite résidence dont je suis, sauf le week-end, le seul occupant. La nuit est froide. Le bruit des vagues, ajouté à une inquiétude confuse, me nettoie peu à peu de cette pellicule de tristesse qui semble s'être déposée sur moi durant toutes les heures de la journée. Une odeur de fenouil précède toujours le moment où je vais sortir de l'obscurité, et apercevoir les deux seuls réverbères qui découvrent enfin les murs clairs de l'immeuble.

Les jours de soleil, je pousse le fauteuil de mon frère jusqu'à un promontoire face à la mer, et là, nous faisons et refaisons le compte de ses progrès. Nous commentons les procédés étranges dont se servent chaque jour les médecins pour tester son corps. Je lui explique le but des exercices auxquels il se soumet, je le rassure sur la lente mais constante progression de ses muscles. Les résultats sont là, mesurés jour après jour. Christian progresse, reprend du poids, sort progressivement de sa paralysie et se prend quelquefois à penser que cet accident n'est après tout que le plus grave de tous ceux dont il a déjà eu à souffrir. Parfois, il croit vraiment à sa guérison. Il se transforme alors de manière spectaculaire, ses yeux brillent, sa voix devient plus forte, et il se souvient de tous ces moments du passé où il a été capable, contre toute raison, de ne pas baisser les bras, et souvent même de repartir à zéro.

— Tu verras, je vais mettre le paquet, on va y arriver…

Chaque jour, Christian devait trouver en lui la force et la volonté indispensables pour faire bouger de quelques millimètres tous ses muscles endormis, presque inexistants. Je l'écoutais, bouleversé, me raconter comment il restait immobile dans la tiédeur de son lit, les yeux encore fermés pour prolonger pendant quelques secondes l'illusion de la normalité ; pour retarder son retour au monde de la conscience, et retrouver tout le poids de ce corps qui ne répondait plus, de ce bras mort qu'il détestait, avant d'ouvrir les yeux sur une nouvelle journée qui ressemblerait à la veille, et au lendemain, peut-être pour toujours. En ergothérapie, dans un décor d'école maternelle, il commençait la rééducation de sa main droite. Il recopiait comme un enfant, en grosses lettres tremblotantes, des séries de mots tristes : lapin, lapin, lapin ; bonbon, bonbon, bonbon… Mais le plus dur, le plus désespérant, c'était – et ce serait tous les jours de sa vie – le matin.

— Quand je dors, me disait-il, j'ai l'impression que je suis comme avant…

Le cauchemar, c'était bien sûr le réveil.

Christian appréhendait de revoir ses enfants.

— Tu te rends compte, quand ils me verront comme ça, eux si petits, ça va leur faire un choc !…

Dès la première visite, Alexandre s'était arc-bouté derrière le lourd fauteuil roulant, et voulait le pousser partout avec la fougue et la maladresse de ses trois ans ; Sophie caressait tendrement la main enflée de son père, ému et rassuré. À l'hôpital, la nuit de Noël, Alexandre, déchaîné, courait entre les tables et les fauteuils roulants, ramassant des brassées de serpentins multicolores qu'il soulevait au-dessus de sa tête pour les jeter sur les malades ravis, avant de se sauver dans une nuée de confettis. Nous avions oublié le spectacle de tant de souffrances réunies. Exaltés par la musique, sautillant sur un parterre de guirlandes, Sophie et Alexandre dansaient…

Chaque matin, je m'immobilisais devant la porte de sa chambre… J'avais peur d'entrer, peur de l'état dans lequel je le trouverais. La plupart du temps, je l'apercevais couché dans son lit ou déjà assis dans son fauteuil, les dents serrées, le visage tourné vers la mer. J'étais alors presque rassuré, car je vivais dans la crainte de ces matins où les infirmiers avaient dû l'attacher à son fauteuil avec des sangles pour l'empêcher de se pencher en avant, de jeter son corps sur le sol, pour se faire plus mal encore. Ces jours de désespoir, Christian refusait tout. Il ne voulait ni boire ni manger, ni aller en rééducation. La tête baissée, le menton collé à la poitrine comme s'il voulait, en tirant sur son cou, briser à nouveau ses vertèbres, il ne parlait plus, et lorsque je soulevais son visage, ses yeux reflétaient un terrible désir de mort. Et je restais là des heures, à lui parler, à le supplier, à le menacer sans aucun résultat. Je sortais épuisé, honteux, complètement désespéré par mon impuissance à l'aider, à trouver en moi – pour continuer à le respecter – la force de prendre contre sa volonté le fauteuil, et de le pousser dans les couloirs pour l'emmener vers les autres. Et lorsque enfin il sortait de son mutisme, lorsqu'il se redressait, il me venait une grande fatigue, un désir de sommeil, et notre dialogue renoué résonnait étrangement à mes oreilles, comme si sa voix et la mienne m'étaient devenues inconnues.

Un matin de ce mois de janvier 1990, Christian a marché tout seul!... Quatre pas, avant de s'accrocher aux bras que lui tendait le médecin. Je l'ai appris par un malade en fauteuil:

— Alain, descends vite, ton frère marche! Un « tétra » qui marche, c'est incroyable!

Cette nouvelle bouleversante est arrivée après plusieurs jours difficiles où Christian ne cessait de répéter qu'il n'arriverait à rien, que sa vie était finie. Mais il marchait, il marchait maintenant, et un espoir démesuré s'était réveillé en moi. Dans le désordre de mes pensées revenait, sans que je n'y puisse rien, l'image de cette étoile filante qui avait longuement griffé le ciel noir une nuit où je rentrais de l'hôpital vers l'appartement, et à qui j'avais dit avec toute la force de mon désespoir:

— Qu'il marche, qu'il marche, qu'il puisse retoréer!...

Je n'avais pas eu le temps d'imaginer, de craindre qu'il ait une marche tressautante, vacillante, incoordonnée comme je l'observais chez tant d'autres blessés que je côtoyais. Christian marchait bien droit, et j'étais émerveillé.

Au bout de quelques jours, le fauteuil roulant avait disparu de la chambre. Nous nous rendions aux soins, à la salle de restaurant, sans prendre l'ascenseur, montant, descendant les escaliers, attentifs à marcher droit sur les lignes formées par le carrelage. L'espoir était revenu, plus fort que jamais, les raisons de lutter paraissaient plus évidentes encore. Une nuit, je venais de quitter Christian et je fumais sur le balcon, face à la mer, lorsque le téléphone sonna:

— C'est Christian! Je voulais te dire que si je dois, un jour, retoréer, débrouille-toi pour que ce soit en Arles, avec une corrida de Miura.

— De Miura ? Pourquoi Miura ? Et pourquoi pas une petite arène ?

— Non, je veux que ce soit comme ça, tu comprends ?

Je comprenais... Longtemps plus tard, lorsque nous avons raccroché – « bonne nuit, torero ! » –, le cendrier débordait de mégots et ma chambre était blanche de fumée. Christian, ce soir, s'endormirait peut-être heureux dans l'exaltation de ses pensées.

— Quand je rêve de toros, c'est bon signe, me disait-il souvent, ça me porte chance.

Moi, aussi loin que je me souvienne, je n'ai jamais rêvé de toros autrement qu'avec angoisse. Cette nuit-là, au plus profond de moi, j'ai senti toute la puissance et la violence des toros, et puis j'ai vu Christian si faible, avec sa main gauche toute retournée, plus déformée encore depuis qu'il marchait et qu'elle pendait au bout de son bras maigre. Son coup de téléphone m'avait bouleversé. Peu importait qu'il eût vraiment cru tout ce qu'il m'avait dit ou qu'il ait voulu seulement s'en convaincre. Ce qui comptait, c'était qu'il avait encore la ressource de s'échapper de lui-même, de voler au-dessus de son malheur. Peut-être le trouverais-je tout à l'heure écrasé à nouveau par la tristesse et l'angoisse, mais ce petit morceau de révolte et de courage avait brillé dans la grande peur de la nuit, et je devais y attacher toutes mes pensées pour leur donner de la force.

Lorsque la *cuadrilla* vint lui rendre visite, j'organisai un repas dans la salle du restaurant de l'hôpital. Une grande table... comme les jours de corrida. Christian choisit son menu de façon à ce que personne n'ait à l'aider pour découper ses aliments. Il s'appliqua à boire et à manger avec habileté. Le repas fut joyeux, nous avions plaisanté puis parlé longuement avec humour et courage du passé et de l'avenir.

— Prochain repas à Madrid ! avait dit Federico, et pour ta réapparition dans l'arène, on fera une fiesta dont on reparlera dans cent ans !

Après les photos, les accolades, les au revoir, nous avions suivi des yeux le départ de la voiture, qui avait disparu dans un dernier virage au sommet de la montagne, vers Cerbère et l'Espagne. Christian, d'une voix rendue rauque par l'émotion, laissa tomber :

— Ça me fait de la peine d'avoir perdu tout ça...

Le retour de Christian chez lui pour les deux mois d'été marquait une nouvelle étape dont les médecins espéraient un mieux sur le plan moral. Tout en redécouvrant les joies de la vie familiale, Christian continua les soins en rééducation dans un centre de kinésithérapie à Montpellier. Ces deux mois s'avérèrent bénéfiques mais, à la rentrée, le nombre croissant de malades ne permettait plus aux médecins de s'occuper de lui comme en période creuse. Eux-mêmes nous en avertirent : « Cherchez une autre solution, remettez Christian dans un centre, car nous ne pouvons plus lui consacrer tout le temps nécessaire... »

Le retour prévu à Cerbère fut reporté, l'hospitalisation dans un autre centre envisagée, puis abandonnée. L'idée de maintenir définitivement Christian dans ce qui n'était au départ qu'une étape provisoire finit par s'imposer, et il s'installa dans cette vie monotone au moment même – un an après l'accident – où le doute commençait à gagner son esprit. Peu à peu, sa rééducation cessa d'être sa principale préoccupation. Elle devint une sorte d'obligation quotidienne et fastidieuse, puis rien d'autre que le décor déprimant de ses nouvelles angoisses.

Cet été-là, le premier sans toros, avait été encore assombri par l'accident de Julio Robles à la féria de Béziers.

— Julio s'est fait prendre, cet après-midi… Il est paralysé… Une lésion à la moelle épinière.

J'avais téléphoné l'incroyable nouvelle à Christian avant qu'il ne l'apprenne par la radio ou la télévision. Nous lui rendîmes visite plus tard à l'hôpital Guy de Chauliac à Montpellier. Christian avait eu un malaise avant de monter dans l'ascenseur jusqu'au service de réanimation. Son visage s'était soudainement couvert de sueur, et il avait dû s'asseoir un moment. Il était très tendu et nerveux à l'idée que Julio l'observerait et chercherait peut-être dans son comportement des motifs d'espoir ou de découragement.

— J'ai peur… Et si je trébuchais ?

Revêtu d'une longue blouse blanche qui cachait son bras gauche, Christian s'était appliqué à traverser la chambre jusqu'au pied du lit. Les deux hommes s'observaient intensément :

— *¿ Cómo estás, Julio ?*

— Bien, bien Christian, avons-nous lu sur ses lèvres.

Je les avais laissés seuls pour aller discuter avec la famille et le *mozo de espada*. Malgré l'implacable diagnostic, dont j'avais eu à faire la traduction, nous parlions surtout de l'hospitalisation prochaine de Julio à Cerbère d'où Christian était sorti debout… L'espoir pour un temps était là, il se transformerait peut-être – comme nous n'avions pas pu nous en empêcher pour mon frère – en un irrépressible besoin de croire aussi aux pierres miraculeuses, aux mouchoirs bénis… L'histoire recommençait…

J'accompagnais, quasiment tous les jours, Christian à son centre de kinésithérapie, puis je marchais dans les rues de Montpellier, passant d'un hôpital à l'autre, bientôt à un troisième, complètement abasourdi par la conjonction et les similitudes du drame de Christian, de Julio puis d'André Martinez, dont les routes et les destins ne cesseraient, un temps, de s'entrecroiser dans une cruelle course à l'espoir. André est mort à Cerbère, un matin d'hiver, à quelques pas de Julio…

À la fin de l'été 90, Christian avait accepté d'être filmé dans sa maison de Caveirac et interviewé pour le congrès de chirurgie taurine à Mexico.

— Si par hasard, lui avait dit le journaliste, tu ne pouvais plus retourner dans l'arène, envisagerais-tu une vie dans le milieu taurin, as-tu déjà des idées ?

Christian avait baissé les yeux sous la violence de la question, puis il avait répondu :

— Pour l'instant, je préfère ne pas y penser. Je pense à récupérer pour pouvoir peut-être retoréer… C'est ce que je me mets dans la tête depuis le début.

Toréer, ne plus toréer, nous en parlions souvent. Nous y pensions sans cesse. Un jour de juillet, alors que nous étions assis sur une murette de pierre dans le jardin, Christian se leva et me dit :

— Va chercher une muleta dans le garage.

Pour la première fois depuis sa dernière passe dans les arènes d'Arles, Christian avait empoigné l'épée et la muleta que je lui tendais, et faisait tourner son poignet, balayant le sol en de lents allers et retours de l'étoffe.

— Ça me fait une drôle d'impression… Tiens, reprends l'épée, m'avait-il dit.

Il avait alors posé le bois ciselé du *palo* sur la paume ouverte de sa main gauche, puis, s'aidant de sa main droite, il avait replié ses doigts gourds, les avait fermés et accrochés solidement à leur prise. Les tendons et les maigres muscles de son avant-bras saillaient sous l'effort. Christian n'était resté que quelques secondes immobile, le corps cambré, puis ses épaules s'étaient affaissées en même temps que son bras redevenait lisse et mou. Ses doigts s'ouvrirent lentement, comme au ralenti, incapables de soutenir le poids de l'étoffe qu'il finit par laisser tomber à ses pieds. Les lèvres pincées, il avait secoué sa tête de droite à gauche. Autour de son regard sombre, sur son visage émacié, la fatigue et le doute creusaient les traits d'un masque de souffrance.

Au mois de juin 1991, en pleine féria de Nîmes, Christian accepta de parler avec des amis journalistes de ce qui le tourmentait depuis longtemps : la fin de sa vie de torero. Cet aveu fut pour lui un véritable déchirement, et le début d'une chute que chaque phrase de son interview dans le *Midi-Libre* laissait deviner.

Comment a-t-il été possible que tant de désespoir avoué ait pu être interprété par les uns comme une menace, par les autres comme une heureuse prise de conscience ? Dans les deux cas, les conséquences furent désastreuses.

Certains de ceux qui avaient adoré l'histoire tragique du torero brisé, qui s'en étaient largement servi pour de très médiatiques et émouvantes déclarations, ne pouvaient plus cacher leurs craintes devant l'arrivée inattendue d'un concurrent possible. Car bien sûr, pour eux, Christian Montcouquiol souhaitait continuer à vivre de la tauromachie. Ce qu'ils craignaient terriblement, c'était qu'un maire, un entrepreneur de spectacles taurins, n'ait la faiblesse de lui tendre la main pour l'aider à se reconvertir. L'idée même de devoir alors partager une parcelle de leur pouvoir leur devint insupportable. Mais Christian n'avait pas de projet. Il était au plus bas, ne rêvait déjà plus à rien, si ce n'est peut-être à l'acte terrible qu'il finirait par accomplir cinq mois plus tard.

Je lui reparlai d'un voyage au Venezuela, et je finis par le convaincre. Nous irions chez notre amie Margarita pendant un mois ou deux. Elle s'occuperait de lui comme elle l'avait toujours fait, avec tendresse et bonne humeur. Loin de l'hiver, loin des angoisses, il profiterait des plages chaudes et désertes de Morrocoy, nous irions peut-être jusqu'aux États-Unis : son ami David Silveti, le matador mexicain s'était proposé pour le guider et le conseiller dans ce pays où il avait été souvent remarquablement soigné. Ces deux années infernales avaient épuisé tout le monde. Il trouverait dans cette courte séparation le temps de faire le point, de réfléchir calmement, et surtout de trouver de nouvelles forces.

Ce projet était devenu la seule partie sereine de nos conversations quotidiennes. Sur sa lancée, Christian accepta même de se rendre à Paris pour y recevoir le prix Claude Popelin. Jusqu'à la dernière minute j'avais pensé qu'il refuserait. Comme il l'avait fait pour tout, hormis pour une émission de la télévision espagnole en hommage à Julio Robles. Dans la voiture, dans l'avion, dans le taxi, Christian avait fait des efforts pour cacher son handicap. À Paris, en attendant la fin de la journée, nous étions restés dans notre chambre pour nous reposer. Allongés sur nos lits, nous avions parlé encore du Venezuela, du Mexique, des amis de toujours. Curieusement, Christian n'appréhendait pas la soirée. Je l'avais aidé à se baigner, à se vêtir, j'avais fait le nœud de sa cravate. Cet habillage fut le seul moment pénible de la journée, nous pensions sans le dire à la même chose, à d'autres habillages dans d'autres hôtels du passé.

Le vol de retour à Nîmes fut sinistre. Christian était malheureux, démoralisé. L'automne était là, avec le froid, la pluie, les jours plus courts. Nous reprîmes le rythme habituel. Il me téléphonait chaque matin, je l'accompagnais ou je le rejoignais à Montpellier. Pendant le temps de ses séances de rééducation, je traînais tristement dans la ville. Je le retrouvais souvent seul, assis à une table, les électrodes du stimulateur collées à son bras maigre, le regard perdu dans le vide. Nous rentrions à Nîmes dans la nuit. Chaque jour, je le trouvais plus désespéré. Notre projet de partir au soleil fut brusquement abandonné.

Jusqu'à sa mort, un mois plus tard, le temps sembla se condenser en une seule et interminable conversation dont Christian avait fini par m'imposer les règles : je me taisais et écoutais sa longue peine, sa longue plainte. Je n'avais plus que cela à lui donner. Je serais encore celui à qui il pouvait tout dire, ne rien cacher, employer les mots les plus durs, ceux qui feraient le plus mal et que personne ne voulait plus vraiment entendre. En les partageant avec lui, j'aurais voulu le soulager un peu de sa souffrance, mais il n'en était rien, Christian se parlait à lui-même, faisait le point à haute voix. J'allais de l'abattement à la révolte, je me disais : tant qu'il parle, tant qu'il exprime ses angoisses, il est encore en vie. Parfois, incapable de me contrôler, j'essayais de toutes mes forces de le convaincre que tout pouvait encore changer, mais il n'écoutait plus, ou bien disait, d'une voix étrangement douce :

— Tu sais bien que j'ai raison…

Sur une cassette vidéo venue du Mexique, peu de temps après l'accident, le matador El Glisón, souriant, disait :

— Christian, à la fin du compte, le corps n'est rien d'autre que de la chair, et tu vas t'en sortir, parce que tant que tu n'as pas de blessure dans l'âme, il ne peut rien t'arriver.

Tant que tu n'as pas de blessure dans l'âme… Cette phrase si forte me torture maintenant. Où étais-je ? Que faisais-je à l'heure de sa mort ? Pourquoi rien ne m'a averti, touché au cœur ? Pourquoi ne m'a-t-il pas appelé ? Pourquoi ne lui avais-je pas téléphoné non plus comme à l'habitude ? Avant de se jeter dans la mort, a-t-il eu une dernière pensée pour le torero qu'il avait été ? Lui a-t-il offert, avant de le rejoindre, l'impeccable exécution de sa propre mise à mort ?

L'histoire de Christian Montcouquiol était achevée, Nimeño lui survécut, car la mort est offerte à ceux qui restent pour qu'ils en fassent ce qui leur convient, qu'ils la rendent regardable, rassurante, émouvante. Pour les souvenirs, les statues, les histoires de fin de repas. Ce qui n'avait pas été fait du vivant de Christian s'effacerait alors opportunément dans les hommages à Nimeño. Viendrait le temps des discours et de la parade, des mots creux et des rôles de composition. Viendrait aussi l'hommage des cœurs simples, comme un rayon de soleil sur tant d'obscurité. Ombre et lumière. Puisqu'il s'agit du Destin, ce mot lisse et tranchant pourtant comme un rasoir, devant lequel il faudrait perdre toute révolte, s'incliner comme s'il était une explication convenable à la justice et à l'injustice du monde.

Christian est mort à trente-sept ans, comme notre père. Et je cherche maintenant un sens à ma vie dans le souvenir de ces deux jeunes morts.

Les premiers bourgeons, les premières feuilles renaissent sur les grands alisiers en face des arènes et je sais tout de la tristesse, de la violence qui me gagne, ici, comme ailleurs… aux Saintes Maries de la Mer à l'heure où les flamants survolent les étangs… dans les gorges du Gardon à Collias, lorsque y explose le printemps avec ses fleurs et ses insectes, que le vent porte des odeurs de buis, de thym et d'aubépine, quand l'herbe tendre s'accroche à la moindre faille des collines cendrées… Même l'eau claire de la rivière filant sur les galets me parle de Christian qui n'est plus de ce monde…

Le soleil est tiède sur ma peau, et Christian n'est pas là. Toute cette clarté, cette lumière et Christian n'est plus là. Et les mots que je crois parfois morts en moi renaissent, infiniment pointus, aiguisés par les révoltes et les larmes… Car tout renaît, tout revit avec force, avec obstination, sauf là-bas, sous la terre et la pierre où rien, pas même une infime parcelle de cette beauté, de cette chaleur, n'atteindra son corps, à moitié habillé d'or et dont les paillettes, aussi, ont fini par s'éteindre.

Et je pense à toi Christian, à toi et à tous ceux que j'ai connus qui comme toi sont morts, et je répète leur nom pour ne pas t'imaginer désespérément seul. Le nom de tous ces morts auxquels il faut penser, encore et toujours, pour garder l'espoir d'un vrai mystère et le chercher, jusqu'au bout de la vie, en mêlant à la nôtre leur mémoire dispersée…

Repères biographiques

4 septembre 1945. Naissance d'Alain Montcouquiol à Ambert (Puy de Dôme), ville d'où est originaire sa mère.

juillet 1946. La famille part vivre en Allemagne où le père, militaire de carrière, vient d'être muté.

10 mars 1954. Naissance de Christian Montcouquiol à Spire (Allemagne).

4 novembre 1955. Mort de Léonce Montcouquiol, père d'Alain et de Christian dans un accident de moto à L'Ardoise (Gard) où il venait d'être muté depuis quelques mois.
La mère et les enfants vont alors vivre quelques temps à Ambert avant de venir à Nîmes où Mme Montcouquiol rejoint une amie.

5 juillet 1964. À Jaén (Espagne) première mise à mort (sans picador) pour Alain qui prend le nom d'El Nimeño.

7 mai 1967. Présentation avec picadors à Zaragoza. Triomphe et répétition le dimanche suivant.

19 juillet 1969. Au cours d'un festival à Saint Gilles (Gard) première mise à mort pour Christian et Lucien Orlewski « Chinito », aux côtés d'El Nimeño et de Simon Casas.

3 avril 1972. Féria d'Arles. Palomo Linares, Paquirri, Manzanares, toros d'Atanasio Fernández. Christian saute en piste et réussit à donner quelques passes à un toro de Sebastián Palomo Linares.

août 1974. Dernière *novillada* d'Alain aux côtés de Christian au cours d'un festival à Vauvert.

17 mai 1975. Présentation avec picadors et triomphe de Christian – devenu Nimeño II – à la Féria de Nîmes. Luis Francisco Esplá, Macandro, *novillos* de Matías Bernardo.

17 août 1975. Santisteban del Puerto (Jaén). Débuts en Espagne. Nimeño II obtient les deux oreilles et la queue de son premier *novillo* de Germán Gervas aux côtés d'Esplá et de Niño del Barrio.

2 mai 1976. Nîmes. Nimeño II obtient sa première Cape d'or, mise en compétition par la Peña Antonio Ordóñez. *Novillos* de Guardiola (Macandro et Juan Ramos).

23 mai 1976. Pampelune. Quatre oreilles et la queue pour Nimeño qui alterne avec Garbancito et El Salamanca. *Novillos* de Gamero Cívico.

1976. Désigné meilleur *novillero* de l'année par Radio España.

23 avril 1977. Présentation et grand succès à la Féria de Séville.

24 avril 1977. Nîmes. Nimeño remporte sa deuxième Cape d'or.

8 mai 1977. Madrid. Présentation à Las Ventas. Deux oreilles et sortie en triomphe par la Puerta Grande.

28 mai 1977. Féria de Nîmes. Ángel Teruel en présence de Manzanares donne l'alternative à Nimeño II avec le toro Elegante n° 60 de Torrestrella.

30 mai 1977. Barcelone. Première grave blessure face à un toro de Matías Bernardo.

18 juillet 1977. Mont-de-Marsan. Premier grand succès dans le Sud-Ouest (trois oreilles). Toros de Murube (Paco Camino, Roberto Domínguez).

11 août 1977. Féria de Huesca, trophée du triomphateur de la féria.

16 août 1977. Dax. Mémorable corrida d'Atanasio Fernández sous un orage de grêle. Triomphes de Paquirri, Teruel, Nimeño.

22 septembre 1977. Triomphateur de la Féria de Talavera de la Reina (quatre oreilles et une queue).

24 septembre 1977. Barcelone. Toros d'Atanasio Fernández. El Viti, Paquirri. Nimeño remporte le trophée du meilleur torero de la Féria de la Merced.

29 octobre 1977. Valencia (Venezuela). Première corrida en Amérique et première oreille. Toros d'Ernesto Gutiérrez. (Curro Girón, Niño de la Capea).

4 janvier 1978. Manizales. Présentation en Colombie et première oreille.

8 avril 1978. Barcelone. Remise, par le club Los de Gallito y Belmonte, du trophée du triomphateur de la saison 1977 à Barcelone.

16 avril 1978. Valencia (Venezuela). Christian remporte les trophées César Girón et Radio América.

23 septembre 1978. Logroño. Grave blessure. Toros de Murube (Teruel, Paquirri).

28 janvier 1979. Mexico. Confirmation d'alternative par Manolo Martinez en présence de Dámaso González. Toro Visitante n° 60 de Tesquisquiapan.

21 mai 1979. Madrid. Confirmation d'alternative par Rafael de Paula en présence d'Ángel Teruel. Toro Garbancito de Luis Algarra. Troisième blessure grave.

16 septembre 1979. Nîmes. Grand triomphe de Nimeño : quatre oreilles et une queue. Toros de Pérez Tabernero (El Cordobés, Joaquín Bernardo).

28 octobre 1979. Lima. Présentation au Pérou et première oreille.

24 novembre 1979. Quito. Première corrida en Équateur et première oreille.

28 février 1981. Mérida (Venezuela). Trophée de la meilleure *faena* de la Feria del Sol avec le toro Nevado de Los Aranguez.

31 mai 1981. Madrid. Féria de San Isidro. Grand succès du *cartel* des banderilleros : Nimeño, Esplá, Maracay face aux toros de Felix Cameno.

14 mars 1982. Mexico. Deux oreilles avec les toros de Rancho Seco. Répétition les deux dimanches suivants.

26 juin 1982. Féria de Burgos. Deux oreilles aux Miuras.

7 juillet 1982. Présentation aux arènes de Campo Pequeño, Lisbonne.

29 octobre 1982. Trujillo (Pérou). Remporte le Reja de Oro du triomphateur de la féria.

15 août 1983. Béziers. Trois oreilles. Mémorable corrida de Miura avec Mendes et Richard Milian.

4 septembre 1983. Mexico. Deux oreilles à Campero, toro de Reyes Huertas.

1er octobre 1983. Trujillo (Pérou). Remporte pour la deuxième année consécutive la Reja de Oro.

9 juin 1984. Nîmes. Deux oreilles face aux toros de Miura.

8 juillet 1984. Eauze (Gers). El Yiyo, Victor Mendes et Nimeño qui coupe la première oreille décernée dans cette arène en corrida de toros.
Toros de Martínez Elizondo.

18 février 1985. Ambato (Équateur). Remporte tous les trophées de la féria.

21 avril 1985. Mexicali. Gagne l'Épée d'or.

20 octobre 1985. León, Mexique, festival pour les sinistrés du tremblement de terre. Oreilles et queue.

3 novembre 1985. Nîmes. Festival au bénéfice des sinistrés du tremblement de terre de Mexico.
Mano a mano entre Nimeño et le razeteur Christian Chomel.

20 avril 1986. Féria d'Aguascalientes (Mexique). Quatre oreilles et la queue (toros de Campo Alegre). Une plaque est depuis apposée dans les arènes pour commémorer le triomphe de Nimeño.

3 mars 1987. Mérida (Venezuela). Remporte le Sol de Oro du triomphateur de la féria.

24 mai 1987. Madrid (San Isidro). Nimeño confirme l'alternative de David Silveti en présence de Tomas Campuzano (toros mexicains de San Mateo).

8 juin 1987. Vic-Fezensac. Mémorable corrida de Martinez Elizondo. Triomphes de Dámaso González, Galloso et Nimeño.

25 octobre 1987. Première corrida dans les arènes de Floirac. Ruiz Miguel, Sánchez Cubero et Nimeño qui coupe deux oreilles aux toros de Lupi.

15 novembre 1987. Maracay (Venezuela). Gagne la Plume d'or de l'Association de la presse taurine. Toros de Guayavita et Los Aranguez. (Morenito de Maracay et Campuzano.)

3 décembre 1987. Cancún (Mexique). Obtient la grâce du toro Catador n° 67 d'Armillita Hermanos.

6 février 1988. Valle de la Pascua (Venezuela). Obtient la grâce du toro Variado n° 416 de Tarapio.

février 1988. Caracas. Trophée du journal *El Mundo* récompensant le triomphateur de la saison 1987 au Venezuela.

8 mars 1988. Grave accident à l'entraînement.

3 octobre 1988. Madrid. Féria d'automne. Importante *faena* au toro Cubero, de Victorino Martín.

novembre 1988. Paris. Remise du prix Claude Popelin récompensant le meilleur *lidiador* de la saison 1987.

21 janvier 1989. Féria de León (Mexique). Deux oreilles et la queue d'un toro de Xajay.

12 mai 1989. Nîmes. Deux oreilles à un toro de Miura.

14 mai 1989. Nîmes. Corrida historique. Triomphe de Nimeño qui, après une blessure de Victor Mendes à son premier toro, affronte seul six toros de Guardiola.

10 septembre 1989. Arles. Gravissime blessure par Pañolero, toro de Miura. Cette corrida avec Mendes et El Boni est la quatre cent vingt-huitième de Nimeño II depuis son alternative.

Après plusieurs jours passés entre la vie et la mort, Christian se rétablit très lentement. La blessure le privera de l'usage de son bras gauche.

25 novembre 1991. Christian Montcouquiol se donne la mort dans sa maison de Caveirac (Gard).

Collection Verdier/poche

Hâfez de Chiraz – Le Divân
Œuvre lyrique d'un spirituel en Perse au XIVe siècle
Introduction, traduction du persan et commentaires
par Charles-Henri de Fouchécour
Inédit

Rabbi Haïm de Volozine – L'Âme de la vie
Présentation, traduction de l'hébreu et commentaires
par Benjamin Gross. Préface d'Emmanuel Lévinas

Henri Meschonnic
Célébration de la poésie
Essai

Giani Stuparich – L'Île
Récit. Traduit de l'italien par Gilbert Bosetti

Jean Bollack – Parménide
De l'Étant au Monde
Inédit

Josy Eisenberg / Adin Steinsaltz
Le Chandelier d'or

Bashô – Friches
Traduit du japonais et commenté par René Sieffert

Hugo von Hofmannsthal – Le Lien d'ombre
Poèmes complets. Traduit de l'allemand (Autriche)
présenté et annoté par Jean-Yves Masson. Édition bilingue
Inédit

Jean-Yves Masson
HOFMANNSTHAL, RENONCEMENT
ET MÉTAMORPHOSE
Essai
Inédit

Benjamin Fondane – LE MAL DES FANTÔMES
Poèmes. Liminaire d'Henri Meschonnic

Pierre Michon – L'EMPEREUR D'OCCIDENT

Rainer Maria Rilke – CHANT ÉLOIGNÉ
Poèmes. Traduit de l'allemand et présenté
par Jean-Yves Masson. Édition bilingue

Jan Patočka – ESSAIS HÉRÉTIQUES
sur la philosophie de l'histoire
Traduit du tchèque par Erika Abrams.
Préface de Paul Ricœur. Postface de Roman Jakobson

Alain Montcouquiol – RECOUVRE-LE DE LUMIÈRE

LE DIT DE HOGEN ET DE HEIJI
Cycle épique médiéval des Taïra et des Minamoto
Traduit du japonais et commenté par René Sieffert

Michèle Desbordes – LA ROBE BLEUE

Cet ouvrage a été achevé d'imprimer en février 2007
dans les ateliers de Normandie Roto Impression s.a.s.
61250 Lonrai
N° d'imprimeur : 07-0590
Dépôt légal : février 2007

Imprimé en France